Passarinha

PREMIAÇÕES

★ **VENCEDOR do National Book Award, 2010**

★ FINALISTA do Redbridge Children's Book Award (Reino Unido), 2012

★ FINALISTA do UKLA Award (Associação Literária do Reino Unido), 2012

★ VENCEDOR do International Reading Association Award, 2011

★ VENCEDOR do Crystal Kite Award, 2011

★ HONRA AO MÉRITO do Golden Kite Award, 2011

★ VENCEDOR do Southern Independent Booksellers Award, 2011

★ OBRA NOTÁVEL PARA CRIANÇAS da American Library Association's (ALA), 2011

★ MELHOR ROMANCE PARA JOVENS da American Library Association's (ALA), 2011

★ OBRA EXTRAORDINÁRIA no Bank Street Best Children's Books, 2011

★ OBRA NOTÁVEL PARA CRIANÇAS E ADOLES-CENTES, Capitol Choices, 2011

★ VENCEDOR do Dolly Gray Children's Literature Award, 2012

★ ELEITO PARA O "100 LIVROS PARA LER E COMPARTILHAR", da Biblioteca Pública de Nova York (Literatura Infantojuvenil), 2010

★ Junior Library Guild Selection, 2010

Passarinha

Kathryn Erskine

Tradução
Heloísa Leal

Rio de Janeiro, 2024
9ª Edição

Copyright © 2010 *by* Kathryn Erskine
Publicado mediante contrato com Philomel Books, uma divisão da
Penguin Readers Group, Penguin Group (USA) Inc.

TÍTULO ORIGINAL
Mockingbird

CAPA
Rafael Nobre

FOTO DE CAPA
Jodie Griggs/Getty Images

DIAGRAMAÇÃO
Abreu's System

Impresso no Brasil
Printed in Brazil
2024

CIP-BRASIL. CATALOGAÇÃO NA FONTE
SINDICATO NACIONAL DOS EDITORES DE LIVROS, RJ

E73p 9. ed.	Erskine, Kathryn Passarinha / Kathryn Erskine; tradução de Heloísa Leal. – 9. ed. – Rio de Janeiro: Valentina, 2024.
	224p. ; 21 cm
	Tradução de: Mockingbird
	ISBN 978-85-65859-13-4
	1. Asperger, Síndrome de – Ficção. 2. Empatia – Ficção. – Escolas – Ficção. 4. Morte – Ficção. 5. Família – Virgínia (Estados Unidos: Estado) – Ficção. 6. Virgínia (Estados Unidos: Estado) – Ficção. 7. Literatura infantojuvenil ame- ricana. I. Leal, Heloísa. II. Título.
	CDD: 028.5

Todos os livros da Editora Valentina estão em conformidade com
o novo Acordo Ortográfico da Língua Portuguesa.

Todos os direitos desta edição reservados à

EDITORA VALENTINA
Rua Santa Clara 50/1107 – Copacabana
Rio de Janeiro – 22041-012
Tel/Fax: (21) 3208-8777
www.editoravalentina.com.br

Na esperança de que todos possamos compreender melhor uns aos outros.

Agradecimentos

Como sempre, tenho uma dívida para com aqueles que me ajudaram a fazer este livro acontecer: os editores Patricia Lee Gauch e Tamra Tuller; os agentes Kendra Marcus e Minju Chang; minhas muitas amigas escritoras, entre elas Moira Donohue, Maureen Lewis, Susan Barry Fulop, Kathy May, Anne Marie Pace, Fran Slayton e Julie Swanson; e, é claro, meu sempre incentivador e maravilhoso marido Bill, e meus filhos fantásticos, Gavin e Fiona, que merecem uma homenagem especial, assim como minha irmã, Jan, minha maior chefe de torcida. Obrigada a todos vocês.

NOTA DA TRADUÇÃO

Passarinha é um raro romance de símbolos. Seus elementos essenciais, e mesmo muitos de seus detalhes, possuem múltiplos sentidos e estão clara ou sutilmente entrelaçados uns com os outros. Pode-se dizer que este é um romance de sincronicidades, em que todas as imagens se encadeiam perfeitamente para formar uma totalidade viva.

Dessa totalidade fazem parte alguns jogos de palavras fundamentais que, a meu ver, pedem mais do que notas explicativas, já que a trama se estrutura em cima deles. Pareceu-me, pois, preferível alertar o leitor logo de início para sua existência, de modo a que já entre na narrativa como um leitor de língua inglesa, sem ter de interromper a leitura para ler notas.

O *armário de Devon*, praticamente um dos personagens principais do livro, seria um *chest* — um pequeno móvel com duas prateleiras e uma porta. O adolescente Devon Smith estava terminando de construí-lo quando foi assassinado com um tiro no peito — seu *chest*. Numa crise de desespero, seu pai desfere pontapés no armário, danificando-o. Dois *chests* feridos. Portanto, quando o leitor encontra, ao longo do texto, a palavra *armário*, também pode estar lendo *peito*. E vice-versa.

A construção do armário era o projeto a que Devon se dedicava como Escoteiro — *Scout* — para poder chegar ao nível Águia. *Scout* também é o apelido que Devon deu a Caitlin, sua irmã de dez anos que tem Síndrome de Asperger, por identificá-la com a menina *Scout* do clássico norte-americano *O Sol É Para Todos*, o filme favorito dos dois irmãos. Quando Caitlin usa a expressão *Scout's Honor* no original, isso tanto quer dizer "palavra de escoteiro" como "palavra de Scout", seu apelido, assinalando o quanto sua identidade se confunde com a do irmão e a da personagem.

O armário de Devon lembra a Caitlin um pássaro ferido. O título original do filme *O Sol É Para Todos* é *To Kill A Mockingbird,* o mesmo do romance de 1960 da autora Harper Lee em que é inspirado. A frase se refere à morte de um inocente, como Erskine esclarece no capítulo 13. Seria impossível manter o título brasileiro ao longo da história, devido às observações de Caitlin sobre o título original e ao simbolismo da autora, razão pela qual traduzi *To Kill a Mockingbird* para *Matar Passarinho.*

Ao ouvir a palavra *closure* na matéria de um noticiário sobre a morte do irmão, Caitlin decide que é o que falta à sua história. Não existe um equivalente exato em língua portuguesa que seja tão amplamente empregado quanto *closure* e concilie as noções de fechamento e superação. Optei, então, pela palavra *desfecho*, na sexta acepção que nos dá o *Houaiss*: "Solução que se encontra para um negócio, uma questão ou uma situação difícil ou complicação." O desfecho/*closure* de Caitlin fará com que o fim e o começo de sua história se encontrem, unindo-os num círculo perfeito.

Estas são apenas algumas das simetrias que o leitor encontrará ao longo do romance. Há inúmeras outras, e a cada releitura mais e mais aparecerão, ora entre objetos, ora entre frases, ora entre acontecimentos. Pois este é um romance verdadeiramente simbólico, onde tudo é parte de um mesmo holograma e faz profundo sentido. O que lhe confere uma grandeza única.

Sobre *To Kill a Mockingbird*
(*O Sol É Para Todos*)

Incluído na lista dos melhores filmes de todos os tempos do American Film Institute, a adaptação cinematográfica de Robert Mulligan do romance *O Sol É Para Todos*, de Harper Lee, tem por protagonistas o advogado Atticus Finch (Gregory Peck) e seus filhos Jean Louise "Scout" (Mary Badham) e Jem (Phillip Alford), no Alabama dos anos 1930. A história cobre um período de três anos na vida da família, durante os quais a inocente vida de diversões das duas crianças dará lugar ao doloroso processo de conscientização do estigma do racismo, contra o qual seu pai luta com coragem e idealismo. Sua defesa de Tom Robinson (Brock Peters), um jovem negro injustamente acusado de estupro, faz com que os habitantes da cidade se voltem contra ele e seus filhos, culminando as hostilidades numa noite de Halloween em que as crianças são agredidas pelo pai do verdadeiro estuprador e salvas por um vizinho (Robert Duvall). O filme termina com reflexões de Scout sobre o homem que as protegeu, por serem as únicas pessoas na cidade que jamais o atormentaram.

Clássico por excelência do Sul dos Estados Unidos, explorando com sensibilidade temas fortes como o preconceito racial e a perda da inocência, o romance *O Sol É Para Todos* é amplamente lido nas salas de aula do país, tendo o nome de Atticus Finch se tornado sinônimo de integridade moral e servido de modelo para inúmeras gerações de leitores ao longo de mais de meio século. Vencedor do Prêmio Pullitzer de 1961, foi incluído pelo *New York Times* em sua famosa lista de "Os Cem Melhores Romances de Todos os Tempos".

Capítulo 1

O ARMÁRIO DE DEVON

ELE PARECE UM PASSARINHO DE UMA asa só curvado no canto da nossa sala. Ferido. Tentando voar toda vez que o ar-condicionado liga dando um clique e um gemido e sopra ar frio no lençol que levanta e flutua apenas por um momento e então torna a cair. Imóvel. Morto.

Papai cobriu o armário com o lençol cinza por isso não posso vê-lo mas eu sei que ele está lá. E ainda consigo desenhá-lo. Pego meu lápis de carvão e copio o que vejo. Uma coisa cinzenta e meio quadrada quase da minha altura. Com uma asa só.

Debaixo do lençol está o projeto de Escoteiro Águia de Devon. É o armário que papai e Devon estão fazendo porque assim ele vai poder ensinar os outros Escoteiros a construir um armário. Tateio por cima de todo o lençol só para ter certeza de que o armário dele está ali embaixo. É frio e duro por fora e cavernoso por dentro. Meu Dicionário diz que caverNOso significa cheio de cavidades ou áreas ocas. É isso que tem no interior do armário de Devon. Áreas ocas. Do lado de fora fica a parte que parece a asa quebrada do passarinho porque o lençol pende frouxo por cima dela. Debaixo do lençol tem um pedaço de madeira que vai ser a porta depois que papai e Devon terminarem o armário. Só que agora não sei como eles vão poder fazer isso. Agora que Devon se foi. O passarinho vai ficar tentando fugir sem nunca chegar a parte alguma. Só flutuando e caindo. Flutuando e caindo.

O cinzento do lado de fora também está do lado de dentro. Dentro da sala. Dentro do armário. Dentro de mim. É tão cinzento que acendendo um abajur fica forte demais e dói. Por isso os abajures estão apagados. Mas ainda assim está claro demais. Deveria ser preto por dentro e é isso que eu quero então ponho a cabeça debaixo da almofada do sofá onde o tecido xadrez verde tem o cheiro do suor de papai e das meias de Devon e das minhas pipocas e eu sinto o peso macio da almofada sobre a minha cabeça e avanço ainda mais até meus ombros e peito também poderem entrar e sinto um peso em cima de mim que me prende e impede de flutuar e cair e flutuar e cair como o passarinho.

Capítulo 2

OLHE PARA A PESSOA

CAITLIN, DIZ PAPAI. A CIDADE INTEIRA está abalada com o que aconteceu. Eles querem ajudar.

Como?

Eles querem estar com você. Falar com você. Levar você para passear.

Não quero estar com eles nem falar com eles nem passear com eles.

Ele suspira. Eles querem ajudar você a enfrentar a vida, Caitlin... sem Devon.

Não sei o que isso quer dizer mas as pessoas vêm à nossa casa. Gostaria de poder me esconder no quarto de Devon mas não tenho permissão para entrar lá agora. É assim desde O Dia Em Que A Nossa Vida Desmoronou e papai bateu a porta do quarto de Devon e encostou a cabeça nela e chorou e disse, *Não não não não não*. Por isso não posso mais ir para o meu esconderijo no quarto de Devon e sinto falta de lá.

Tento me esconder no meu quarto para desenhar mas papai chega e me leva.

Tem tantas vozes na nossa casa. Vozes da tropa de Escoteiros de Devon. Eu reconheço as calças verdes. E as coisas boas que eles dizem sobre Devon.

Vozes de parentes. Papai me apresenta a eles. *Você se lembra de...* e então diz um nome.

Eu digo, *Não*, porque não me lembro.

Papai me manda Olhar Para A Pessoa por isso olho depressa para o nariz ou a boca ou a orelha mas nem assim eu me lembro.

Uma voz diz, *Sou seu primo em segundo grau.*

Outra diz, *Não foi um belo serviço religioso?*

Uma outra diz, *Adoro os seus desenhos. Você é uma artista muito talentosa. Não quer desenhar alguma coisa para mim?*

Uma outra até diz, *Que sorte a sua ter tantos parentes!*

Não acho que eu tenha sorte mas eles continuam chegando.

Parentes que a gente mal via quando Devon estava aqui então como eles podem ajudar?

Vizinhos como o sujeito que gritou com Devon para sair do seu gramado. Como ele pode ajudar?

Gente da escola. A Sra. Brook minha orientadora. A Srta. Harper a diretora. Todas as minhas professoras desde o jardim de infância menos a minha atual professora da quinta série porque ela foi embora depois do que aconteceu na escola de Devon. Eu não Captei O Sentido porque nada de mau aconteceu na Escola James Madison então por que ela tinha que ir embora? Agora a minha professora é a Sra. Johnson. Ela diz que nem mesmo conheceu Devon só o viu jogar basquete. Duas vezes. Eu já vi os LA Lakers jogando mais de duas vezes. E nem por isso tento ajudá-los.

Caitlin. Se alguma hora dessas quiser conversar sobre o que aconteceu é só falar, diz a Sra. Johnson.

É para isso que serve a Sra. Brook, digo a ela.

Que tal se nós todos nos reuníssemos?

Para quê?

Para sabermos em que pé você está.

Olho para meus pés plantados lado a lado no chão da sala. *Eu estou em cima dos dois pés ao mesmo tempo.*

Desculpe. Eu quis dizer para sabermos como você está se sentindo.

Ah. A Sra. Brook sabe como eu estou me sentindo então a senhora pode perguntar para ela. Eu seria supérflua. Meu Dicionário diz que suPÉRfluo significa aquilo que excede o suficiente ou necessário.

Eu só achei que seria bom nós sentarmos e batermos um papo qualquer hora dessas.

Faço que não com a cabeça. *SuPÉRfluo também significa caracterizado pela inutilidade.*

Então está bem, diz ela. *Eu dou uma palavra com a Sra. Brook.*

A Sra. Brook diz que a gente pode falar com ela a qualquer hora porque as suas portas estão sempre abertas. Na verdade ela só tem uma e está quase sempre fechada. Mas quando a gente bate ela lembra de abrir.

Obrigada Caitlin.

Ela não se mexe. Isso quer dizer que está esperando que eu diga alguma coisa. Detesto isso. Me faz sentir coceira e ficar molhada debaixo dos braços. Quase começo a chupar o punho da blusa como faço na hora do recreio mas então me lembro. *Não há de quê*, digo.

Ela se afasta.

Acertei! Vou até a geladeira e colo o adesivo de um smiley na minha cartela de SUA EDUCAÇÃO. Com mais sete vou poder assistir a um vídeo.

Quando viro de costas para a geladeira vejo uma muralha balofa de marshmallow azul na minha frente. Tem cheiro de Pop-Tart sabor maçã com canela e respira de um jeito barulhento. É uma outra vizinha ou parenta. Eu nunca acerto. As mãos dela estão tremendo. Uma das mãos segura um lenço de papel e a outra ela estende aberta para mim. Tem um círculo branco no meio. *Quer uma balinha?*

Não sei. Nunca provei as balas dela por isso não sei se vou gostar. Mas eu gosto de quase todos os tipos de bala que existem no universo. Só não gosto de me sentir encurralada por uma muralha azul e balofa como essa.

Toma, diz ela, empurrando a bala na minha mão.

Eu a pego para fazê-la tirar a mão da minha porque a mão dela é molenga e pelancuda e me deixa enjoada.

Come mais uma, diz ela.

Apanho a bala depressa para não ter que sentir sua mão de novo.

Ela tenta fazer festinha na minha cabeça com a mão das balas mas eu recuo.

Corro e me escondo atrás de papai. E chupo as balas. São de hortelã. Eu preferia que fossem minhocas de gelatina porque são as minhas favoritas mas sei Lidar Com Isso. O bom é que não posso falar com a boca cheia porque é falta de educação por isso se eu ficar de boca cheia posso continuar no meu próprio mundo de Caitlin.

Quando termino de chupar as balas ainda não estou com vontade de falar por isso enfio a cabeça debaixo do suéter de papai e sinto o calor do seu peito subindo e descendo quando respira e o cheiro do seu Desodorante e Antitranspirante Gillette Cool Wave. Ele nem mesmo diz, *Não Caitlin*, e me tira dali. Ele me deixa ficar e faz cafuné na minha cabeça por cima do suéter. Quando é por cima do suéter eu não me importo. Do contrário não gosto que ninguém encoste em mim. Papai conversa com o mundo do lado de fora do suéter e a voz dele vibra baixinho feito um ronrom. Fecho os olhos e sinto vontade de poder ficar ali para sempre.

CAPÍTULO 3

VAMOS CONVERSAR SOBRE ISSO

PAPAI DIZ QUE ESTÁ NA HORA DE EU voltar para a escola portanto aqui estou.

De volta à sala da Sra. Brook.

Sentada diante da mesinha redonda.

Olho para as paredes e pouca coisa mudou além da cara zangada no Quadro de Expressões Faciais que agora tem um bigode. Eu sei disso porque já olhei para aquele quadro mais ou menos um milhão de vezes tentando descobrir que emoção corresponde a cada cara. Não sou muito boa nisso. Tenho que usar o quadro porque quando olho para rostos de verdade eu não Capto O Sentido. A Sra. Brook diz que as pessoas sentem muita dificuldade de me entender porque eu tenho Síndrome de Asperger e por isso tenho que me esforçar muito mais ainda para entendê-las e isso significa trabalhar as minhas emoções.

Eu preferia trabalhar nos meus desenhos.

Oi Caitlin, diz a Sra. Brook baixinho. Ela ainda está cheirando a Sabonete Líquido Dial.

Olho para o quadro e balanço a cabeça. Isso quer dizer que estou ouvindo mesmo sem Olhar Para A Pessoa.

E então como vai?

Começo a chupar o punho da blusa enquanto olho para o quadro.

Como está se sentindo?

Fico olhando o quadro por mais algum tempo até me ouvir suspirar. Meu estômago está todo embrulhado como se fosse hora do recreio que é a matéria em que sou pior mas respiro fundo e tento Lidar Com Isso. Finalmente digo, *Sentindo vontade de dar um fast.*

Ela se inclina sobre a mesa na minha direção. Não muito perto do meu Espaço Pessoal porque eu vou usar minhas palavras para mandá-la se afastar se ela se aproximar demais.

Como disse?

Dar um FAST.

O que você quer dizer?

Eu dou um fast forward nas partes ruins e de repente estou assistindo uma coisa sem saber direito como cheguei lá.

Ela coça com o indicador a linha onde seu cabelo se reparte. Os outros dedos ficam apontando para o alto e se mexendo como se estivessem acenando. Por fim ela para e diz, *Estou vendo.*

Olho para a sala ao meu redor. *Vendo o quê?*

Acho que você gostaria de esquecer os acontecimentos dolorosos por que passou.

Tenho vontade de dizer a ela que prefiro a tevê no mute e gostaria que ela colaborasse. Mas se fizer isso vai começar mais uma daquelas discussões do tipo Vamos Conversar Sobre Isso então não digo nada.

O serviço religioso deve ter sido muito difícil, diz ela.

Fico imaginando o que ela quer dizer. Passamos o tempo todo sentados na igreja. Não foi muito difícil. Foi como a tevê no mute. Todo mundo falava tão baixo que eu mal escutava e quase ninguém falou comigo. As pessoas olharam para mim que foi uma coisa que eu não gostei e algumas até encostaram em mim que foi uma coisa que eu detestei mas ninguém tentou Puxar Conversa comigo e ninguém riu fazendo barulho de vidro estilhaçado nem se mexeu feito um relâmpago nem apareceu do nada e nada aconteceu de repente.

Vamos Conversar Sobre Isso, diz ela.

Eu me viro na cadeira para não poder mais vê-la.

Eu sei que é difícil mas você não pode guardar tudo isso dentro de si.

Ela para de falar mas não por muito tempo. *Você chorou no serviço religioso?*

Faço que não com a cabeça. Muitos adultos choraram no serviço religioso mas eu não entendi por quê. A maioria nem mesmo conhecia Devon pessoalmente. Penso no quanto papai tem chorado e as palavras saltam da minha boca. *Papai chorou.*

Isso perturbou você?

Aperto as costas da cadeira. *Eu não gostei.*

Por que não?

Não sei.

Você ficou triste por ele?

Não sei.

Ficou com medo?

Não sei.

Fez você se sentir desconfortável?

Tento pensar numa resposta diferente de não sei porque Devon diz que as pessoas não gostam muito de não sei. Não sei por quê. Então tento me concentrar na pergunta. *Fez você se sentir desconfortável?* Penso no que é confortável. Estar toda coberta por minha manta de lã de carneiro roxa debaixo da cama ou enfiar a cabeça debaixo da almofada do sofá ou ler meu Dicionário. Eu não tive nenhuma dessas coisas no serviço religioso. *Fez. Eu me senti desconfortável.*

Por quê?

Não sei. Por favor para de me fazer perguntas.

Caitlin. Seu pai está triste.

Eu me viro para o Quadro de Expressões Faciais. Fico pensando como a Sra. Brook pode saber de que jeito ele está se sentindo neste exato momento. E me pergunto se fiz algo errado. *Por quê?*

O pescoço dela se estica e recua feito o de uma tartaruga e ela diz com uma Voz Boazinha, *Ele não se conforma por ter perdido Devon.*

Ah. PerDER é uma palavra estranha. Já olhou no Dicionário? Tem perDER do tipo perDER os óculos que é quando uma coisa desaparece. Tem perDER do tipo perDER o ônibus se você não se apressar porque tem que pisar em todas as rachaduras na calçada antes de chegar até ele. E tem perDER querendo dizer que um parente morreu.

Você lamenta ter perdido Devon?

Não sei.

A cabeça dela faz o vaivém de tartaruga de novo — discretamente mas eu noto.

Ele não se foi totalmente, digo a ela. Penso no quarto dele embora a porta esteja fechada e na sua bicicleta encostada nos fundos da casa e no seu armário no canto da sala.

O rosto dela se contrai como se ela estivesse tentando Captar O Sentido.

É verdade, diz devagar. *Uma parte de Devon sempre vai estar com você.*

Fico pensando que parte será essa. Não restou parte alguma do corpo de Devon porque ele foi cremado. Isso quer dizer que foi queimado até virar cinzas.

Você sente a presença dele?

Olho para o ar ao redor. Olho para minhas mãos. Será que tem partes de Devon me arranhando? É isso que eu deveria sentir? O calor sopra da saída de ar no teto e isso eu posso sentir. Mas é só ar vindo da calefação. Ou será que Devon está nele? Para onde a gente vai quando é totalmente queimado e vira fumaça? Só se a pessoa fica presa nos sistemas de aquecimento central e é soprada pelas saídas de ar. Dou de ombros.

Você não sente mais a presença de Devon? a Sra. Brook torna a perguntar.

Talvez. Mas não tenho certeza se é mesmo ele. Poderia ser qualquer um. Qual seria a sensação que ele provocaria?

Estou falando das coisas que ele fez por você. Das coisas que vocês fizeram juntos. Você vai sentir falta dele mas ele sempre vai estar com você. Só que de um jeito diferente.

Não quero Devon por perto de um jeito diferente. Quero Devon por perto do mesmo jeito. Do jeito que era antes. Quando ele faz pipoca e chocolate quente para mim. E me diz o que falar e que roupas vestir e como não parecer esquisita para as outras crianças não rirem de mim. E ele joga basquete comigo. Sempre me dá uma chance de vencer tropeçando ou se mexendo devagar ou indo para o lado errado quando driblo. Eu sei quando ele está fazendo uma coisa de propósito só de olhar para sua boca. Seus lábios se mexem de um certo jeito quando ele está pensando. Quando está trapaceando os lábios se mexem de um jeito diferente. Mas quando trapaceia ele só faz isso para ser legal comigo.

Esse é o Devon que eu quero. Não o que fica flutuando no ar.

Uma música country barulhenta começa a tocar.

É o celular da Sra. Brook.

Ela não atende.

A Sra. Brook está usando o comportamento Olhe Para A Pessoa para olhar para mim e eu não gosto disso. E ela também não está atendendo o telefone. Não aguento a barulheira da música do caubói.

Se a senhora não atender o telefone vai perDER a chamada, digo para ela.

Ela atende mas seus olhos ainda estão Olhando Para A Pessoa enquanto ela fala no telefone.

Então eu me escondo debaixo da mesa para fugir do olhar dela. A Sra. Brook sempre quer que eu olhe nos olhos. Ela diz que a gente pode ver emoção nos olhos das pessoas. Eu não posso. Todos os olhos são iguais para mim. Mas os lábios das pessoas se mexem o tempo todo. É dali que as palavras saem. Eu sei o que as pessoas dizem só de olhar para os lábios delas embora a Sra. Brook diga que essa não é a única maneira de descobrir porque não se pode ter uma noção exata do que uma pessoa quer dizer só de olhar para os lábios dela. Eu posso. Eu sei ler lábios.

Levanto a cabeça e olho para a madeira no verso do tampo da mesa.

Não é madeira acabada.

É madeira bruta.

Como a do armário de Devon.

Passo o dedo. É áspera. Esfrego o dedo na madeira para a frente e para trás cada vez com mais força até que uma farpa me fura. Bato nela também.

Tem uma gota de sangue na madeira agora. É vermelha e se espalha... entrando em uma rachadura e se alastrando pela madeira bruta.

Como o peito de Devon.

Não! Esfrego a madeira com mais força tentando apagar o sangue mas ele não quer sair.

Caitlin!

Aperto o dedo contra a madeira bruta e esfrego cada vez mais depressa e dói mas não me importo porque quero parar o sangue mas ele ainda está lá e eu não consigo fazê-lo parar!

Caitlin!

Não consigo fazê-lo parar!

Caitlin! É a Sra. Brook chamando de algum lugar e eu sinto um puxão no braço mas arranco minha mão. *Não!* Eu tenho que apagar o sangue! Eu tenho. Eu tenho! EU TENHO!

Não consigo ver nem sentir nem ouvir nada além de gritos ao longe.

Capítulo 4

VIDA

EU SOUBE QUE VOCÊ DEU UM PIB NA escola hoje, diz Papai.

Fico olhando para o armário coberto no canto. *PIB*, digo, *hum. Produto Interno Bruto.* Mas eu sei que ele não está falando desse tipo de PIB. Ele está falando do tipo Piti Incrivelmente Barulhento. Mas eu não quero conversar sobre isso.

Ele suspira. *Caitlin querida...*

Meu dedo doeu, digo a ele. *Foi por causa disso.*

Acho que foi por causa de mais do que o dedo.

*E eu também bati com a cabeça na mesa durante o PIB...
quando o dedo doeu. Então foi por causa do dedo e da cabeça.
Ambos. São duas coisas.* E continuo a contar na minha
cabeça. Três quatro cinco seis.

Escuto a voz de papai mas me concentro em contar. Sete oito nove dez onze. E em pensar em bichos de
pelúcia. Sinto saudade de Cachorro Vermelho por isso
me levanto e sigo pelo corredor até meu quarto o que
dá treze passos e meio até mais se for na ponta dos pés
para não pisar nas frestas entre os tacos do assoalho.
Olho para o quarto de Devon diante do meu e sinto
tanta tanta tanta vontade de entrar mas sei que não
posso.

Escuto papai dizendo meu nome mas ele está num
outro mundo neste momento.

Vinte e um vinte e dois vinte e três vinte e quatro.

Empurro a porta do quarto e abro caminho por
entre livros e papéis e lápis e fios de lã de tricô e adesivos espalhados pelo chão e vou para minha cama onde
tenho cento e cinquenta e três bichos de pelúcia in-
cluindo chaveiros e bonecos do McLanche Feliz mas o
que eu quero mesmo é Cachorro Vermelho e ele está
dormindo debaixo da cama com minha manta roxa de
lã de carneiro porque papai faz muito barulho — trinta
e sete trinta e oito trinta e nove — e eu me enfio
debaixo da manta com Cachorro Vermelho e nós vamos
dormir enquanto ainda estou contando.

Quando acordo estou com fome. Olho para o meu relógio Elmo. Elmo diz que são quase seis e meia. Vou para o corredor e olho para o quarto diante do meu. É o de Devon. Papai o deixa fechado desde O Dia Em Que A Nossa Vida Desmoronou. Não posso abrir a porta porque papai sempre diz que quando a porta do banheiro está fechada a gente não abre e quando a gaveta da escrivaninha está fechada a gente não abre e quando um envelope está fechado a gente não abre a menos que o nome da gente esteja nele. Por isso não abro a porta de Devon.

Mas eu gostaria tanto de poder entrar. Gostaria de poder entrar e dizer, *Devon estou com fome,* e aí ele me daria um dos seus sorrisos de covinhas e diria, *Então somos dois,* e a gente iria procurar papai e pedir uma pizza por telefone porque é quinta-feira e a gente comeria pizza Super Queijo quentinha e molhadinha assistindo a nossos programas favoritos de perguntas e respostas na tevê. Por falar nisso estou morta de fome por isso vou procurar papai.

Ele está sentado no sofá olhando para uma mancha do meu lápis de carvão no tapete.

São seis e meia, digo.

Papai não diz nada.

São seis e meia. Hora de comer, digo a ele para o caso de ter esquecido o que seis e meia quer dizer.

Ele ainda não diz nada.

São seis e meia.

Ele continua olhando para a mancha mas pelo menos diz alguma coisa. *Não estou com fome.*

Não importa, digo a ele. *São seis e meia.*

Ele suspira. *OK. Que bom que você está se sentindo melhor. Vou preparar o jantar.*

Liga para o cara da pizza.

Ele faz que não com a cabeça.

É quinta-feira, digo.

Vamos comer o que tivermos em casa.

Mas hoje é dia de pizza.

Não Caitlin.

Cruzo os braços. *Não quero comer aquela macarronada nojenta de novo.*

OK. Ele se levanta devagar como um brinquedo muito velho com as baterias fracas. *Vou ver o que temos.*

Temos Pop-Tarts.

Não é exatamente um jantar saudável.

Temos um sachê de salada que você pode comer.

Os cantos dos lábios dele se curvam para baixo. *Não gosto de salada. E nem temos molho.*

Temos sim. Purê de maçã.

Então comemos Pop-Tarts e salada com purê de maçã. Só que eu separo os ingredientes da salada e faço uma pilha de folhas verdes no meu guardanapo. E deixo o purê de maçã e a Pop-Tart totalmente separados porque não gosto de comida misturada nem de cores esbarrando umas nas outras. É muito difícil enxergar o que você tem que enfrentar quando as coisas começam a virar geleia e se fundir num borrão e se transformar umas nas outras.

Jantamos na mesa da cozinha de onde não posso ver a televisão mas também ela não está ligada mesmo. Está tudo quieto demais sem Devon. Neste momento eu nem me importaria de assistir ao telejornal da Fox com aquela moça que fala tão depressa e tão alto que a gente nem consegue ouvir o que ela está dizendo. Tudo que a gente pode fazer é ficar olhando para aquele penteadão se mexendo de um lado para o outro e se perguntar quantas aranhas fazem ninhos naquele troço.

Papai funga e eu não quero ouvi-lo chorar de novo por isso tenho que ser como a moça do jornal e encher o silêncio. *Eu queria que a gente pudesse comer pizza com Devon*, digo. *E ainda por cima é quinta-feira. Dia de pizza.*

Papai para de comer. *Eu também.* Ele junta e aperta as mãos. Olha para o retrato na parede entre a cozinha e a sala e o observa por algum tempo. É Devon com o uniforme de Escoteiro em uma cerimônia de passagem.

Aquele é o retrato de Vida dele?

Papai inclina a cabeça para mim. Isso quer dizer que ele não Captou O Sentido.

Vida. No escotismo. Lembra? Devon?

Ah. Ele volta a olhar para a foto de Devon. *É sim. Foi quando ele alcançou a patente de Vida com os Escoteiros.*

E depois de Vida vem Águia.

Papai concorda com a cabeça e suspira. *Ele queria muito chegar a Águia.*

Da minha cadeira na mesa da cozinha posso ver o canto da sala onde fica o armário. *Aquele é o projeto Águia dele.*

Hum-hum, diz papai. *Era.*

Ele não pode chegar a Águia se o armário não ficar pronto.

Papai engole com força mesmo sem estar comendo nada. Ele se levanta da mesa e deixa no prato a outra metade da Pop-Tart e a salada também.

Não estou mais com fome por isso coloco meu prato na lava-louças. Tenho que raspar o prato de papai antes de colocá-lo na lava-louças. Depois sento e fico desenhando como faço o tempo todo. Devon diz que se eu passasse um dia inteiro sem desenhar provavelmente morreria. Mas isso nunca vai acontecer porque eu não consigo passar um dia inteiro sem desenhar.

Papai se recosta no sofá e fica olhando para a mancha de lápis no tapete.

Capítulo 5

ESPAÇO PESSOAL

EU DETESTO O RECREIO EMBORA Devon diga que deveria ser minha matéria favorita e que não tem mais recreio depois que a gente passa para o ensino fundamental II por isso tem que aproveitar agora. Mas eu não posso aproveitar porque estou cercada por uma gritaria estridente e tem luz demais e os cotovelos dos outros são pontudos e perigosos e é difícil respirar e eu sinto meu estômago muito muito embrulhado. Fico só parada e passo os braços ao meu redor como um campo de força e aperto os olhos até quase fecharem para tentar trancar tudo do lado de fora. Não funciona. Ainda me sinto como uma Caixa de Itens Falsa que o Mario Kart vai atropelar a qualquer momento. Começo a chupar o punho da blusa que sai pela manga da jaqueta.

Vejo Josh empurrando os outros no trepa-trepa de novo. Ele estava na minha turma antes de passar para a outra turma da quinta série porque a Sra. Brook diz que é melhor assim. Também acho. Antes Josh era só barulhento mas agora ele é barulhento e mau. Papai diz que é porque o primo de Josh foi um dos atiradores na escola de Devon. O que a polícia cercou logo. E matou. Mas não antes de ele atirar em Devon.

Agora meu Coração está batendo alto e tenho vontade de gemer mas Devon diz que a gente não pode gemer ou gritar ou agitar as mãos ou se balançar ou se enfiar debaixo da mesa ou ficar rodando e rodando sem parar em público. Na verdade a gente não pode fazer a maioria das coisas sem parar em público porque não é normal a menos que seja alguma coisa assim como bater palmas ou rir mas a gente tem que fazer isso só nas horas e lugares certos e Devon sempre me diz quais são. Agora não sei mais.

Meus olhos estão quentes e coçando e tudo está embaçado por isso lembro uma coisa legal que sei fazer que é borrar as cores e formas para elas ficarem macias e quentes em vez de duras e frias. Chamo a isso de fazer bicho de pelúcia. Se você borrar o trepa-trepa e as pessoas numa coisa só eles ficam macios e fofos e mansos igual a um bicho de pelúcia. Aí você pode esquecer onde está e fazer de conta que está em outro lugar tipo debaixo da cama com seus bichos de pelúcia.

Faço bicho de pelúcia com o pátio tão bem que depois de algum tempo só restam o trepa-trepa e uma forma que vem caminhando até mim por isso paro de borrar as coisas e chupo mais o punho da blusa. Borrar é bom para as coisas que a gente não quer ver mas não funciona tão bem assim quando a gente tem que Lidar Com Isso.

Josh está caminhando na minha direção e continua sorrindo mesmo quando esbarra no Espaço Pessoal de William H. e o derruba no chão. A gente não deve invadir o Espaço Pessoal dos outros. Principalmente o de William H. Ele é autista. Está na outra turma da quinta série. Ele também tem hora com a Sra. Brook mas ela diz que é bom para todo mundo ficar numa turma normal. Mas ele grita muito por isso fico feliz que não esteja na minha turma só participe do mesmo recreio e das aulas de Educação Física. Agora William H. está AOS GRITOS e a acompanhante dele tenta levantá-lo mas ele não para de espernear.

Josh está com um sorrisão aberto no rosto. A gente não deve sorrir quando faz alguma coisa errada porque um sorriso é para mostrar que a gente está sendo legal. Eu gostaria que as pessoas seguissem o Quadro de Expressões Faciais como deveriam.

A acompanhante de William H. fala com Josh. Ela está com as mãos na cintura e balançando a cabeça para a frente e para trás e se inclinando para a frente e de volta. Acho que isso quer dizer que ela está furiosa. Às vezes quer dizer A Dança da Galinha mas acho que não é isso que ela está fazendo agora. Finalmente ela se afasta e Josh dá de ombros. Isso quer dizer que ele não Captou O Sentido. Resolvo ser prestativa porque isso é uma coisa que sei fazer bem por isso vou até Josh.

Eca! ele grita. *Você é igual a um cachorro! Babando na manga toda!*

Paro de chupar o punho da blusa embora eu não saiba por que ele disse *Eca*. Mas gosto de cachorros. Eles sentam perto da gente e deitam a cabeça no nosso colo. Os cachorros são doces e amorosos. Fico feliz se as pessoas acham que sou um cachorro.

O que é que você quer? Doida! diz Josh e então me lembro o que estou fazendo ali.

Você não deve invadir o Espaço Pessoal dos outros.

E você com isso?

Não entendi o que ele quis dizer então repito, *Você não deve invadir o Espaço Pessoal dos outros.*

Ele põe as mãos na cintura e seu nariz se franze. *E o que é que tem?*

Ele deve estar querendo dizer, E o que é que É. *Espaço Pessoal é isso.* Dou um passo à frente — até piso nos pés dele — para mostrar o que é Espaço Pessoal.

Sai de cima de mim sua doida! ele berra.

Você precisa se lembrar da Sua Educação, digo a ele. *Você deve dizer, Com licença por favor mas você está no meu Espaço Pessoal.*

A cabeça dele se inclina para a frente e a boca se abre e o queixo cai.

Acho que isso quer dizer confuso por isso digo a ele de novo, *Presta atenção. É assim que se diz. Com licença por favor mas...*

Cai fora daqui!

Faço que não com a cabeça. *Não. Essa não é a maneira educada de falar. A gente diz, Com licença...*

Por que você está me enchendo desse jeito? berra ele.

Não estou não. Eu estou ensinando você a dizer Com Licença.

Pois eu não vou dizer!

Tudo bem. Você pode dizer, Desculpe.

Eu não tenho que dizer isso! Não fiz nada de errado!

Olho Para A Pessoa. *Você. Fez. Sim.* Falo devagar para ver se ele entende.

De repente o rosto de Josh fica vermelho e ele respira com força como se tivesse corrido só que não correu. *Isso tem a ver com o seu irmão?*

Por que ele está falando de Devon? A conversa é sobre William H.

Eu não tenho que me desculpar por aquilo! Não fui eu! OK? Foi o meu primo! Eu não fiz nada!

Seu primo está morto. Lembra? VOCÊ é que fez uma coisa errada, digo, porque eu VI quando ele empurrou William H. do seu Espaço Pessoal.

Se o seu irmão foi assassinado não posso fazer nada!

Não sei por que ele está gritando comigo.

Eu não tenho culpa!

Tenho horror a gritos. Estou começando a tremer.

Eles tentaram salvar a vida dele no hospital! berra Josh.

Agora estou balançando a cabeça porque quero que ele pare.

Mas ele não para. *O Coração estava pendurado do lado de fora e eles não conseguiram fechar o peito dele...*

Cala a boca Josh! É Emma da minha turma. Tem um monte de crianças atrás dela.

Eu só estou...

Chega! Por que você está falando nisso?

Volto a chupar o punho da blusa mas não consigo deixar de gemer mesmo sabendo que não devo.

Foi ela que tocou no assunto! grita Josh. *Ela está me acusando!*

Ora ela está traumatizada!

É isso aí, diz um garoto e dá um empurrão em Josh.

Josh quase cai em cima de mim mas dou um passo para o lado e ele se estatela no chão. Algumas crianças riem.

Josh me encara com os olhos apertados. *Não tenho culpa se o irmão dela está MORTO!*

NÃÃÃÃO! Escuto um grito e só quando tento fugir para longe MUITO LONGE mas ele não para de me seguir é que percebo que sou eu.

CAPÍTULO 6

O CORAÇÃO

ENCONTRO TRINTA E DOIS LIVROS na biblioteca sobre como o Coração funciona. Papai conversa com a bibliotecária e diz que eu também posso usar o cartão dele por isso consigo tirar um monte de livros. Alguns são infantis e outros são adultos mas posso ler de tudo porque meu nível de leitura é tão alto que nem dá para medi-lo. No jardim de infância eu já estava acima do nível da oitava série e isso era o mais alto a que se podia chegar no jardim de infância. Agora estou na quinta série e é por isso que posso ler tudo que papai pode.

Às vezes eu leio os mesmos livros uma vez atrás da outra. O bom dos livros é que as coisas do lado de dentro não mudam. As pessoas dizem que não se pode julgar um livro pela capa mas isso não é verdade porque a capa diz exatamente o que tem dentro. E não importa quantas vezes você leia aquele livro as palavras e imagens não mudam. Você pode abrir e fechar os livros um milhão de vezes que eles continuam os mesmos. Têm a mesma aparência. Dizem as mesmas palavras. Os gráficos e ilustrações são das mesmas cores.

Livros não são como pessoas. Livros são seguros.

A bibliotecária não deixa a gente levar *O Manual de Referência Médica* para casa nem que o esconda no meio de trinta e dois livros. Ela diz que a gente tem que deixá-lo na seção de referências para que outros possam consultá-lo. Não acho que eu deveria ter que deixá-lo na seção de referências só para que outros *possam* consultá-lo. Eu sei que eu *vou* consultá-lo. Mas ela diz que não é essa a questão. Ela nunca explica qual é a questão mas Devon diz que às vezes a gente simplesmente tem que fazer o que uma professora ou bibliotecária manda mesmo que ache que é uma burrice. Ele também diz que a gente não deve falar para elas em voz alta que acha que é uma burrice. Esse é um segredo que deve ficar só na nossa cabeça.

Na volta para casa papai para numa loja de conveniência e compra para mim um saco inteirinho de minhocas de gelatina.

Por quê? pergunto.

Não são suas favoritas?

São mas eu ainda não completei os dez adesivos na cartela de SUA EDUCAÇÃO.

A Sra. Brook diz que você está fazendo um trabalho excelente na escola considerando... tudo.

Ela tem razão! Faço uma cara de smiley com a minha boca. Eu mereço essas minhocas de gelatina porque passo mesmo todo o meu tempo considerando tudo. Só que nem sempre eu Capto O Sentido.

Primeiro como uma minhoca de gelatina verde e depois uma vermelha. Os nomes delas são Eddie e Talia. Sempre dou nomes para as minhas minhocas de gelatina antes de comê-las. Quando chegamos em casa enfio um punhado delas em cada bolso da calça porque assim sempre vou ter uma quando precisar. Em seguida começo a ler.

Tem um monte de informações sobre o Coração nos trinta e dois livros e eu leio todas. Essas são as que vou anotar no meu caderno de Estudo de Palavras porque são palavras que quero estudar melhor do que elimiNAR e devasTAR:

CÂmaras

AORta

Átrios

VenTRÍculos

VEIas

ArTÉrias

VÁLvulas

Também aprendo que a gente deve se exercitar direito como Devon que joga futebol e beisebol e corre quase todos os dias. A gente deve comer boa comida como Devon que não chega nem perto de comer tantos doces quanto eu. A gente não deve fumar porque pode fazer mal ao Coração e cheira tão mal que dá vontade de vomitar. Devon nunca vomita mas até ele diz isso.

Existem muitas doenças do Coração. Algumas a gente tem por fumar e beber e ser gorda e não fazer exercício. Outras a gente tem por causa de uma infecção. Algumas a gente tem quando fica velha. Alguns problemas nascem com a gente. A maioria das doenças a gente pode tratar de algum jeito tipo tomando um monte de comprimidos. Às vezes um problema do Coração acontece de uma hora para a outra e aí não tem muito que se possa fazer. Mas a pessoa deve tentar chegar a um hospital imediatamente para aumentar as chances de sobrevivência.

O que não consigo descobrir é por quanto tempo a gente consegue fazer um Coração funcionar depois que ele leva um tiro e se os outros órgãos do corpo podem fazer o trabalho dele e se o hospital pode manter a pessoa viva sem ele e se a gente é a mesma sem ele e se a gente ainda é gente.

Isso é tudo que consigo encontrar sobre o assunto:

Um ferimento a bala no Coração é quase sempre fatal.

CAPÍTULO 7

GRUPOS

A SRA. JOHNSON TERMINA DE EXPLIcar o trabalho de grupo que pode ser sobre qualquer animal da nossa escolha. Ela pede à gente para dar algumas sugestões e as escreve no quadro.

Eu escolho o Coração.

Seu pilô freia cantando ponta no quadro. *Sei*, diz ela, virando-se devagar para Olhar Para A Pessoa. *De que animal?*

Tanto faz. Desde que seja humano. Estou craque em desenhar o Coração humano.

A turma ri.

Ela suspira. *Quero que você escreva sobre um animal. Que tal um panda?*

Faço que não com a cabeça. Ela não vê que já estou desenhando um Coração no meu caderno?

Algum outro animal?

Torno a fazer que não com a cabeça.

Bem. Pense nisso. Talvez você se lembre de alguns animais que lhe interessem.

Depois de escrever os nomes de mais um monte de animais no quadro ela manda a turma se dividir em grupos. Todos se levantam menos eu. A Sra. Johnson para diante da minha carteira. *Quer uma ajuda para encontrar um grupo?*

Eu já tenho um grupo.

E quem está no seu grupo?

Eu.

E quem mais?

Ninguém. Eu sou o meu próprio grupo.

Alguém ri.

Eu gostaria que você fizesse parte de um grupo de verdade. Que tal se juntar a Emma e Brianna?

Não.

Mais crianças riem.

A Sra. Johnson franze os olhos e a boca para eles mas volta para mim. *Como disse?*

Não Obrigada. É mais um adesivo para a minha cartela de SUA EDUCAÇÃO.

Todo mundo está rindo agora.

A Sra. Johnson respira fundo e solta o ar. *Eu quero que você faça parte de um grupo.*

Fico olhando para as mãos dela.

Você entendeu?

Entendi. Entendi o que ela quer mas também sei o que eu quero.

Então quer ir para lá e se juntar a elas?

Ela não entende. Abano a cabeça. *Não.*

Por que não?

Suspiro e tento explicar para que ela Capte O Sentido. *Eu sei que é o que a senhora quer mas não é o que eu quero.*

Olá, diz a Sra. Brook, *você chegou muito cedo.*

Eu sei. Eu disse isso à Sra. Johnson mas ela falou que estava na hora de ver a senhora AGORA. Ela está tendo problemas para Captar O Sentido hoje.

Ah. Vamos Conversar Sobre Isso.

Explico a ela sobre o trabalho de grupo.

Caitlin. Quando uma professora diz que quer que você faça uma coisa isso quer dizer que você deve fazê-la. É o mesmo que dizer que você tem de fazê-la.

Ora então por que ela não disse logo?

Ela disse de uma maneira gentil.

Não disse não. Ela disse de uma maneira confusa. E ela deveria ter pedido POR FAVOR se estava tentando ser gentil.

Isso teria ajudado? Se ela tivesse pedido por favor?

Talvez. Devo dizer isso para ela?

Pode deixar que eu mesma digo. E por que você não quer fazer o trabalho de grupo com outras meninas?

Porque posso fazer um trabalho de grupo melhor sozinha.

Tenho certeza de que você pode fazer um trabalho maravilhoso mas colaborar com um grupo também tem seu valor.

Que valor?

Fazer amigos.

Eu já tenho amigos.

Me fale dos seus amigos.

Meu Dicionário. Minha tevê. Meu computador.

A Sra. Brook faz que não com a cabeça. *Eu estou falando de pessoas e de aprender a se relacionar com elas.*

Eu sei fazer isso. Eu as deixo em paz.

Não desse jeito.

Mas é isso que elas sempre me dizem — me deixa em paz. Caitlin vai embora — então eu estou dando atenção ao que elas dizem e também fazendo o que pediram portanto estou sendo gentil.

A cabeça da Sra. Brook se abaixa e ela fecha as mãos em punhos. *Pode ser difícil mas eu vou ajudar você.* Ela Olha Para A Pessoa. *Vamos pensar nas crianças da sua turma.*

Olho para o Quadro de Expressões Faciais. Então começo a fazer bicho de pelúcia com ele.

Está pensando?

Já pensei.

Em quem você pensou?

Estou pensando nas pessoas que sorriem muito. Isso deveria querer dizer felizes e legais e amigas. E quais pessoas têm rostos bravos ou choram muito porque isso quer dizer que estão tristes. Ou zangadas. Ou assustadas.

*Ou às vezes até mesmo felizes e apenas se sentindo emo-*cionadas, diz a Sra. Brook.

Está vendo? É por isso que as emoções são más e eu tenho horror a elas! Principalmente chorar. Eu não Capto O Sentido.

Rir é mais fácil de entender, diz ela. *Geralmente mostra que a pessoa está feliz.*

Nem sempre. Às vezes mostra que a pessoa está sendo cruel.

É verdade, se alguém provoca uma pessoa ou debocha dela.

QUANDO e não SE, digo a ela.

Ela suspira. *Acho que é igualmente difícil determinar as emoções por trás do riso.*

Agora estou pensando no Josh.

A Sra. Brook faz o lance da tartaruga com a cabeça. *É mesmo? Você... gosta dele?*

Não.

Vamos tentar escolher alguém de quem você goste e traba-lhar numa amizade com essa pessoa. Essa é a primeira coisa a se pensar.

Ah. A senhora não tinha dito isso.

De quem você gosta?

Não sei.

Pense bem.

Da Srta. Harper.

A Srta. Harper?

É. Ela é a DIRETORA. Captou O Sentido? Ela gosta de dirigir e o meu game favorito é Mario Kart.

Sim está certo mas estou pensando em alguém da sua idade.

Em quem a senhora está pensando?

Ninguém em particular. Gostaria que você pensasse em alguém.

Não gosto desse jogo. *Desisto. Por que não me diz de uma vez?*

Bem… Que tal a Emma?

Emma?

Hum-hum. Ela é muito expansiva.

Não gosto de gente muito expansiva. Nem efuSIva. Nem extroverTIda. Nem greGÁria. Nem qualquer uma daquelas palavras que querem dizer que vão encher meus ouvidos de barulho e me machucar e um monte de rostos e braços vão invadir meu Espaço Pessoal e um monte de vozes falando sem parar vão sugar o ar de dentro dos lugares até eu me sentir como se fosse sufocar.

É mais fácil conversar com as pessoas expansivas. Pense nisso.

É nisso que eu estou pensando: que a Sra. Brook não Captou O Sentido.

Você é uma pessoa muito especial Caitlin. Garanto que vai ser uma amiga maravilhosa.

Bom vá lá talvez ela tenha Captado O Sentido. Fui eu que não Captei. Ela me deixa procurar amigo no Dicionário. Ele diz: alguém emocionalmente íntimo.

Lá vem aquela palavra má de novo. Emocionalmente. Não é uma das minhas habilidades.

Mas você pode desenvolver essa habilidade.

Desvio os olhos e começo a chupar o punho da blusa. Ainda não estou pronta para desenvolver essa habilidade.

A Sra. Brook parece Captar O Sentido. Ela suspira e diz que vai falar com a Sra. Johnson para me deixar ser meu próprio grupo só dessa vez porque tem muita coisa acontecendo na minha vida no momento mas que logo logo eu vou ter que me juntar ao grupo.

Não gosto dessas palavras gêmeas logo logo porque a gente não sabe quando elas vão chegar de fininho e pegar a gente de surpresa e virar AGORA. Ou vai ver que é daquele tipo de logo logo que nunca chega a acontecer. Como aquele dia em que perguntei para papai e Devon quando o armário ia ficar pronto. E eles disseram logo logo.

Capítulo 8

BAMBI

ESTOU FAZENDO MEU TRABALHO DE grupo sobre o Coração e como ele funciona e como um ferimento a bala no Coração faz com que ele pare de funcionar e o que eles fazem com o corpo quando está morto que é cremá-lo. Pelo menos foi isso que aconteceu com Devon.

Quando termino meu último desenho vou até o sofá onde papai está sentado e mostro o trabalho para ele. Ele o lê e sua cabeça cai quase nos joelhos. O caroço na sua garganta recua e avança toda vez que ele engole. Ele funga várias vezes o que quer dizer pelo menos três vezes mas na verdade ele funga cinco vezes antes de eu perguntar, *O que é que tem de errado com ele?*

Nada, responde papai. *Está... muito bem-feito. Eu... tenho que ir tomar banho. Você pode escolher um vídeo e assistir.*

Oba! E eu nem tenho todos os adesivos de que preciso para assistir a um vídeo! Corro para a prateleira dos vídeos mas paro. *Por que você vai tomar banho agora de noite? Você sempre toma banho de manhã.*

Ele já está fora da sala. *Estou com o corpo meio dolorido...*, e não escuto o que ele diz depois mas deve estar com o corpo muito dolorido porque eu o escuto chorando mesmo antes de abrir o chuveiro.

Não quero ouvir seu choro por isso me concentro nos meus vídeos favoritos. Não gosto daqueles de que as outras meninas na escola gostam com música alta e meninas dando risadinhas e dançando. Gosto de desenhos animados. Escolho *Cinderela* mas é uma história meio burra. Não porque ela perdeu um sapato. Eu perco sapatos o tempo todo. Mas se a pessoa sabe onde perdeu o sapato por que não volta para buscá-lo? E se não sabe Devon sempre diz volte para o último lugar em que se lembra de tê-lo usado e comece a procurar por ali. Cinderela devia ter voltado para o baile. *Branca de Neve* é bacana por causa dos anões e *Pocahontas* é legal por causa dos bichos mas Devon diz que a música é do tipo que faz chorar e papai já está chorando e eu não quero isso.

Retiro *Bambi* e olho para ele. *Bambi* me faz lembrar o quanto sou inteligente. Às vezes sou mais inteligente do que Devon embora ele seja três anos um mês e dezesseis dias mais velho do que eu. Até mesmo quando eu tinha cinco anos e nós assistimos a *Bambi*. A mãe de Bambi é morta com um tiro. A gente não a vê morrer porque é um desenho animado mas ouve o disparo e vê Bambi chamando a mãe sem parar e ela nunca volta portanto está indiscutivelmente morta. Devon não parava de dizer, *Ela não pode estar morta! Ela não pode estar morta!* E eu dizia, *Ela está MORTA Devon!* Ele começou a chorar e a dizer, *Ela vai voltar! Ela tem que voltar!* E eu tive que dizer para ele, *ELA ESTÁ MORTA E NUNCA MAIS VAI VOLTAR*, e papai teve que vir tirar Devon da sala porque como papai falou, *Você não devia dizer essas coisas!*

Não entendo como Devon não percebeu que a mãe estava morta. Nossa mãe morreu dois anos antes de a gente assistir a *Bambi* por isso ele devia saber que as mães morrem e nunca mais voltam por mais que a gente chore e chame por elas. Principalmente quando morrem com um tiro.

Olho para o armário de Devon do outro lado. O ar-condicionado faz o lençol levantar só um pouco. Em seguida fica parado feito um morto. Olho de novo para o vídeo de *Bambi* e o recoloco na prateleira porque está me dando uma sensação de recreio no estômago e eu não sei por quê.

CAPÍTULO 9

NÃO CORRA. ANDE.

QUANDO CHEGO PARA A HORA COM a Sra. Brook ela me manda apanhar a jaqueta porque vai haver uma mudança no nosso esquema.

Hoje?

Ela faz que sim. *E pelo resto do ano.* Ela fecha a porta e seus sapatos começam a dar gritinhos pelo chão afora em direção ao cabideiro diante da minha sala de aula.

Por quê? Não gosto de trocar as coisas. É sempre o recreio primeiro — eca — e depois a hora com a Sra. Brook. Os sapatos dela continuam dando gritinhos enquanto cruzam o corredor por isso tenho que andar-correr para alcançá-la por causa do Não Corra Nos Corredores Da Escola. *Qual vai ser o esquema agora?*

Vamos ter nossa hora juntas enquanto caminhamos pelo pátio durante o seu recreio normal. Depois você pode continuar no pátio e participar do recreio das crianças do jardim de infância até a segunda série.

Olho Para A Pessoa. *Dois recreios? Eu não gosto nem mesmo de um.*

Mas os menorezinhos são muito mansos e eu vou ficar com você durante o recreio com os mais velhos porque às vezes eles são... Ela aperta os lábios. Acho que é uma cara zangada... *um pouco brutos.*

Penso em Josh. E me pergunto por que uma adulta quer ir para o recreio. *OK. Mas nem tente subir no trepa-trepa. É superperigoso.*

A Sra. Brook sorri. *Prometo que nem vou chegar perto do trepa-trepa.*

Tiro minha jaqueta do cabideiro e a visto enquanto a Sra. Brook empurra o trinco da porta que dá para o pátio e ela se abre com um barulhão. O brilho do lado de fora fere meus olhos e o vento os faz lacrimejar e a gritaria apunhala meus ouvidos. Começo a chupar o punho da blusa e caminho depressa tentando me afastar de tudo isso embora tudo isso me siga por toda parte.

Caitlin! O que está fazendo aí na frente?

Estou caminhando. E a senhora é lenta.

Geralmente quando duas pessoas caminham juntas isso quer dizer que elas de fato avançam juntas, diz a Sra. Brook.

Ah, digo, e continuo andando.

Caitlin! Volte aqui. Por favor.

Volto até ela andando de costas e paro. *O que foi agora?*

Vamos caminhar junto uma da outra. É isso que significa as pessoas darem uma volta juntas. Primeiro ela estende o pé direito e depois o esquerdo.

Faço exatamente o mesmo.

Você não precisa ficar olhando para os meus pés, explica ela. *Nem copiar meus passos com exatidão ou pisar com o pé esquerdo quando eu piso com o meu.*

Então como isso pode ser caminhar juntas? pergunto.

Nós devemos manter a mesma velocidade porque vamos conversar uma com a outra enquanto caminhamos. Às vezes vamos olhar nos olhos uma da outra também. Isso mostra à outra pessoa que estamos interessados e prestando atenção.

E se não estivermos interessados?

Ela Olha Para A Pessoa abrindo bem os olhos e fala devagar. *Nós vamos agir como se estivéssemos interessados. OK? Vamos usar esse tempo para observar as pessoas e quem sabe conversar com elas. Precisamos nos esforçar bastante para fazer amigos.*

Por quê? pergunto. *A senhora não tem nenhum? O recreio não é o lugar mais indicado para se fazer amigos.*

Quero trabalhar amizades para VOCÊ. Você vai passar para o ensino fundamental II em breve e eu quero que tenha amigos lá.

O ensino fundamental II é a partir da sexta série, relembro a ela. *É só no ano que vem.*

Na realidade você só tem alguns meses pela frente no ensino fundamental I. A sexta série começa em agosto.

Ela tem razão. Por que todo mundo diz ano que vem? Não é ano que vem. É este ano ainda. Chupo o punho da blusa mais um pouco mesmo sabendo que a Sra. Brook não gosta que eu faça isso.

E vai haver mais trabalhos de grupo no ensino fundamental II portanto você vai ter que aprender a Lidar Com Isso. Ter amigos vai ajudar.

Não posso Lidar Com Isso sendo meu próprio grupo?

A Sra. Brook abana a cabeça. Isso quer dizer não.

Continuo chupando o punho da blusa.

Caitlin. Por que você não tenta entrelaçar as mãos ou colocá-las nos bolsos e fechá-las em punhos ou uma das outras coisas sobre as quais já conversamos em vez de chupar a blusa?

Paro de chupar o punho mas vou recomeçar assim que a Sra. Brook esquecer porque sou persistente.

Ela aponta com a cabeça as crianças no pátio e me diz o que elas estão fazendo e como estão se sentindo mas não sei como ela consegue descobrir. Eu não sei nem mesmo de quais crianças ela está falando. Todas passam depressa demais. Quando ela aponta o menino vestindo um agasalho roxo com capuz tento acompanhar sua correria desejando ter um agasalho roxo como aquele porque roxo é a minha cor favorita e eu acho que até que gostaria de ter um capuz e é divertido ficar vendo o roxo voar quando ele corre muito depressa.

Caitlin!

Que é?

Você está muito na frente outra vez. Nós temos que caminhar na mesma velocidade para podermos conversar.

Ah. Achei que a senhora já tinha acabado de falar.

Olhe nos meus olhos enquanto caminhamos e falamos. Isso vai ajudar você a andar no mesmo ritmo que eu.

Fico desviando os olhos para dar um descanso a eles mas ela não desiste de me cercar.

Por fim ela diz, *Agora sim. Melhorou muito.*

Só que meus olhos estão doendo e meu pescoço está duro. Como isso pode ser melhor?

Quando a campainha toca a Sra. Brook diz que eu tenho vinte minutos de recreio com os pequenos e que depois devo voltar para a minha sala de aula como eles. *Se tiver algum problema fale com uma das professoras.*

Lá dentro?

Não. Ficam sempre pelo menos três professoras no pátio durante o recreio.

É mesmo? Eu nunca vejo as professoras aqui fora durante o recreio dos maiores.

Sempre há várias por aqui mas elas ficam bastante ocupadas porque são muitas crianças no pátio ao mesmo tempo.

Eu sei. Crianças demais. E mais barulho ainda.

CAPÍTULO 10

MICHAEL E EDUCAÇÃO

O RECREIO DOS PEQUENOS TAMBÉM é barulhento mas eu gosto muito mais dessas crianças. Os esbarrões delas não me machucam tanto. São todas do meu tamanho ou menores. Olho ao redor e sorrio.

Vejo um menininho com um boné vermelho do time de beisebol do Potomac Nationals parecido com o de Devon. Eu me lembro de ter visto aquele menino no serviço religioso de Devon porque me lembro do boné. Ele estava sentado com os ombros caídos num banco da igreja do mesmo jeito como agora está sentado com os ombros caídos num banco do pátio. Fico pensando por que ele está sentado assim. Não tem nenhuma professora perto dele por isso não acho que ele esteja com algum problema. Ele está esfregando os olhos o que quer dizer que está com sono ou triste. Acho que são as únicas duas coisas que podem ser.

Chego mais perto para ver se consigo descobrir qual delas é. Ele levanta a cabeça quando me aproximo e dá para ver seu rosto vermelho e úmido.

Você está triste?

Ele faz que sim com a cabeça.

Por quê?

Ele não diz nada.

Olho ao redor procurando Josh mas então lembro que ele não está neste recreio. *Alguém está maltratando você?*

Ele faz que não.

Enfio as duas mãos no bolso da calça e encontro minhas minhocas de gelatina. Puxo uma e a exibo pendurada para ele. *Quer? O nome dela é Laurie.*

Ele olha para ela por um momento e então a apanha mas não a põe na boca.

Não é uma minhoca de verdade, explico. *É para comer.*

Nem assim ele a come e estou quase pedindo-a de volta já que ele não vai comê-la quando então ele diz, *Obrigado.* Acho que agora não posso pegá-la de volta.

Ele a põe na boca e uma parte dela fica pendurada para fora enquanto mastiga. Por fim a minhoca desaparece. *Estou com saudade dela*, diz.

Da minhoca Laurie?

Ele faz que não. *Da minha mãe.*

Ah.

Ele vira a cabeça para me olhar e chega mais perto mas não invade meu Espaço Pessoal. Tento olhar nos olhos dele. E quando faço isso tenho uma surpresa. São como os olhos de Bambi. São simples. Como os olhos no Quadro de Expressões Faciais e ficam parados por isso posso ver o que têm dentro.

Você não sente falta do seu irmão? ele pergunta. Os olhos de Bambi nem mesmo piscam.

Como assim?

Ele está morto. Não está?

Como é que você sabe?

Todo mundo diz que você é a irmã esquisitinha do garoto que morreu. Ah desculpe. Eu não quis dizer esquisitinha. É o pessoal que fica falando. Você é esquisita?

Não sei.

Ele dá de ombros. *Eu não acho que você parece esquisita. Eu acho você legal.*

Muito obrigada, digo. Estou me lembrando da Sua Educação.

Escuto alguém batendo palmas. A voz alta de uma professora diz, *OK turma! Dois minutos! Depois vamos formar uma fila!*

Obrigado pela minhoca de gelatina.

Muito bem, digo, *você se lembrou da Sua Educação.*

Ele faz que sim. *Mamãe dizia que é muito importante. E é mesmo. A gente ganha adesivos.*

Os cantos dos lábios dele se abaixam um pouco e a cabeça se inclina como se ele não tivesse Captado O Sentido. *Não acho que seja por causa disso.*

Mas que você ganha um adesivo ganha, digo a ele.

De quem?

Do seu pai.

Ele não tem nenhum adesivo.

Eu tenho um monte. Posso trazer alguns para você.

Tá. Obrigado.

Você disse obrigado. Agora são dois adesivos. Não há de quê. Viu? Também sou boa em Sua Educação.

Ele dá um risinho. *Não é a MINHA educação.*

Eu sei. É a SUA educação.

Como? Seus olhos de Bambi parecem sorridentes mas também um pouco... alguma outra coisa... confusos talvez?

Todo mundo tem que aprender a Sua Educação, explico.

Você é boba! Ele ri mais um pouco.

Por que você está rindo?

Porque é a Educação de TODO MUNDO! MINHA educação é quando EU digo por favor e obrigado. SUA educação é quando VOCÊ diz por favor e obrigada.

Olho Para A Pessoa. Quer dizer que esse tempo todo eu pensei que estava aprendendo Sua Educação quando na verdade estava aprendendo MINHA Educação? *Mas então... a educação de todo mundo é a mesma.*

Agora você entendeu!

Ahhh. Obrigada. Você é muito prestativo.

Acho que vai ficar mais fácil aprender SUA Educação — quer dizer MINHA Educação — agora que sei que ela me pertence e que não estou tentando aprender a de outra pessoa.

A campainha toca e o menino se levanta e olha para mim com seus olhos de Bambi. A voz de uma professora chama e ele se vira e começa a caminhar em direção a ela mas então ele se vira outra vez.

Como é seu nome?

CaitlinAnnSmith.

Ah. Posso te chamar de Caitlin?

Só se você não gritar. Detesto quando as pessoas gritam o meu nome.

Ele balança a cabeça. *Tá. Meu nome é Michael.*

Levanto minha mão direita e a fecho e abro três vezes.

Os cantos de sua boca se erguem e suas bochechas ficam fofas e seus olhos de Bambi sorriem. Ele tem covinhas bonitinhas e um cabelo louro ondulado que cai por trás do boné. Ele levanta a mão esquerda e a abre e fecha várias vezes para mim.

Fico pensando se isso quer dizer que tenho um amigo.

Capítulo 11

O DIA EM QUE A NOSSA VIDA DESMORONOU

A SRA. JOHNSON DEVOLVE O MEU trabalho de grupo. Ela escreveu *Bem Pesquisado* e *Muito Interessante* e *Excelente* mas embaixo ela também escreveu, *Por que você usa maiúsculas no meio das frases? Não se usam maiúsculas em substantivos comuns. Só as palavras especiais levam maiúsculas.* Olho para o parágrafo. Não usei maiúsculas no meio das frases. Elas estão só no começo de algumas palavras. Ela colocou um X em cima do C de Coração e escreveu um c minúsculo. Não parece certo desse jeito. Tenho certeza de que ela está errada em relação às palavras especiais e às letras maiúsculas mesmo sendo uma professora. Como pode existir alguma palavra mais especial que Coração?

Em casa fico pensando no Coração de Devon. Sento no sofá e olho para seu armário. Ainda está debaixo do lençol cinza. A luz do sol entra pelas persianas e a poeira dança num redemoinho dentro dos raios e bate no armário e eu me pergunto se alguma das partículas de poeira é Devon e se posso senti-lo.

Fecho os olhos e relembro algumas coisas que aconteceram no Dia Em Que A Nossa Vida Desmoronou. É assim que papai o chama. Depois que a gente voltou para casa do hospital aquela noite — sem nenhum Devon — papai ficou gritando e chutando os móveis e as paredes e começou a dar socos no peito com os punhos e a gritar, *Por quê? Por quê? POR QUÊ?* e atirou os livros de marcenaria e o Manual dos Escoteiros no quarto de Devon e bateu a porta e disse, *Não não não não não*, até que eu gritei, *PARA COM ISSO! PARA COM ISSO! PARA COM ISSO!* Aí ele jogou o lençol em cima do armário e agora ele nunca nem olha para aquele canto.

Empurro meu corpo contra o sofá e fecho os olhos bem apertado e mesmo não querendo me lembrar eu me lembro do hospital e das luzes fortes e do barulho das sirenes e dos alto-falantes e dos bipes e do cheiro dos remédios e no fim das pessoas vestindo pijamas verdes e chinelos de papel dizendo para papai, *Nós tentamos mas não conseguimos fechar o peito do seu filho. O Coração dele... não havia mais nada... não havia nada que nós pudéssemos fazer. Nada que nós pudéssemos fazer.*

Estou tremendo e chupando o punho da blusa e tentando parar de pensar no Dia Em Que A Nossa Vida Desmoronou mas quando abro os olhos o armário de Devon está olhando para mim por isso escorrego do sofá e engatinho até ele e puxo o lençol pela barra e o empurro para baixo do armário e entro nesse peito oco e vazio e imagino que sou o Coração. O Coração de Devon. Meus braços são átrios e minhas pernas são ventrículos e eu bombeio o sangue por todo o corpo da maneira certa porque *tem* que haver alguma coisa que eu possa fazer. Alguma coisa que eu possa fazer. Primeiro eu bombeio o sangue para os pulmões onde ele recolhe o oxigênio depois para o átrio esquerdo e o ventrículo esquerdo e então para a aorta e dali o sangue percorre o corpo inteiro dele como deve ser. Todas as minhas válvulas estão trabalhando por isso o fluxo sanguíneo está normal e eu sinto os batimentos e balanço o corpo junto com eles porque balançar o corpo me faz sentir viva e eu quero que o peito dele fique vivo. Bombeio o sangue por todo o corpo de Devon. *Dev-on. Dev-on. Dev-on.**Vou falando cada vez mais alto para fazer acontecer de verdade e meu corpo inteiro está batendo pelo dele cada vez mais alto e cada vez mais desesperado e minha cabeça bate nos lados do armário mas eu não me importo. *DEV-ON! DEV-ON! DEV-ON!* E eu escuto a voz de papai gritando como no hospital e não quero ouvir porque não quero que nem uma parte do Dia Em Que A Nossa Vida Desmoronou aconteça de novo por isso me concentro e me torno o Coração cada vez mais alto e cada vez com mais força mas então caio do armário porque não tem porta e sinto papai me segurando mas só consigo gritar as palavras das pessoas de verde do hospital, *EU TENTEI MAS NÃO HAVIA NADA QUE EU PUDESSE FAZER!*

Caitlin! Caitlin! Escuto papai gritando mas não consigo parar de chorar. Sinto que ele me enrola na manta e me põe de volta no sofá e sinto seu braço em volta de mim quando ele senta ao meu lado no escuro. O zumbido em meus ouvidos finalmente para mas então o telefone toca.

Sinto papai levantar e vejo-o desaparecer na cozinha. Ele volta correndo para a sala e liga a tevê e fica lá parado olhando para ela. Respirando com força.

---

* *On* em inglês também é: ligado, aceso, funcionando. (N. do E.)

O homem do telejornal da Fox está com um microfone na mão falando na frente de um prédio de tijolos. *Estou aqui no Fórum onde o último atirador do massacre no Colégio Virginia Dare acaba de ter sua audiência preliminar. Foi constatado que há evidências suficientes para que ele seja levado a julgamento pelo assassinato da professora Roberta Schneider e dos estudantes Julianne Morris e Devon Smith. O brutal massacre foi um golpe violento para essa pequena comunidade... ah! Ele está saindo!* A imagem fica pulando de um lado para o outro até que para em um garoto vestindo um macacão laranja com um monte de policiais em volta. Ele não parece ser muito mais velho do que Devon. O Sr. Fox passa por uma multidão de gente gritando e empurrando o microfone, *O que tem a dizer em sua defesa?* O garoto do macacão laranja olha para a câmera e dá um meio sorriso. Depois levanta as mãos algemadas com os polegares virados para cima. Papai corre para o banheiro e vomita. A câmera passa para uma moça sentada em algum lugar diante de uma bancada. Ela diz, *Voltaremos a esse caso mais tarde, mas, por ora, vale o comentário, não é bom que tenhamos alcançado um desfecho justo?*

Começo a chupar o punho da blusa. Não vejo nada de bom em nada do que mostraram. E fico pensando se um desFEcho pode ajudar. E o que ele é. Quando papai volta para a sala e desliga a tevê pergunto a ele, *O que é desFEcho?* Ele diz que tem que ligar para uma vizinha mas quando a Sra. Robbins chega ele se esquece de perguntar a ela o que quer dizer Desfecho. Diz apenas que ela vai tomar conta de mim porque ele está com dor de cabeça e precisa tomar um banho. Fico pensando se vai ser um daqueles banhos de chorar. Fecho os olhos.

Vejo a luz entrando pelas minhas pálpebras e ouço um barulhinho e depois a voz trêmula da Sra. Robbins. *Quer que eu traga alguma coisa para você Caitlin? Uma xícara de chocolate? Um leite quente?*

Meu Dicionário.

Dicionário?

É.

Ah. Eu estava pensando em...

POR FAVOR.

Mais barulhinhos. *Está bem querida.*

Procuro a palavra desFEcho no Dicionário e ele diz: *A vivência da conclusão emocional de uma situação de vida difícil como a morte de um ente querido.* Não sei como chegar a essa vivência de uma conclusão emocional por isso pergunto à Sra. Robbins, *Como faço para chegar à vivência da conclusão emocional de uma situação de vida difícil?*

Sua boca se abre e fecha três vezes e solta um gemido fino. *Com licença,* ela pede, e corre para a cozinha mas dá para ouvir o barulho dela assoando o nariz e agora também estou ouvindo papai chorando no chuveiro então cubro a cabeça com a manta de pelo de carneiro roxa e fecho os olhos e tapo os ouvidos e com os cotovelos aperto meu Dicionário com força contra o peito.

CAPÍTULO 12

DESFECHO

PASSO A MANHÃ TODA ESPERANDO minha hora com a Sra. Brook. Corro-caminho até a sala dela por causa do Não Corra Nos Corredores Da Escola. Empurro a porta sem nem mesmo bater e pergunto, *Como é que eu faço para chegar à vivência da conclusão emocional de uma situação de vida difícil?*

Ela se levanta da mesa redonda. *Como assim?*

Desfecho, digo. *Eu estou falando de Desfecho. Como faço para encontrar um?*

Vamos sentar Caitlin. Isso tem... você está falando do jornal? Do menino que fez os disparos?

Balanço a cabeça umas cem vezes porque hoje a Sra. Brook está um pouco lenta para Captar O Sentido.

Essa situação é muito estressante para a nossa comunidade. Todos estamos procurando um Desfecho.

Olho Para A Pessoa. Mas ela não responde à minha pergunta.

Vamos sentar.

Ainda estou de pé.

Tudo bem, diz a Sra. Brook, *eu vou me sentar*. Ela pousa as mãos sobre a mesa e aperta uma com a outra. Respira fundo e solta o ar. Devagar. Fecha os olhos.

Será que ela está rezando? *Aqui não é uma igreja*, relembro a ela.

Eu sei. Estou pensando. Ela coça a linha que reparte o cabelo e então junta as mãos de novo. *Às vezes todo esse processo do velório e do enterro e de fazer coisas como depositar coroas de flores no túmulo contribui para dar à pessoa um senso de Desfecho.*

Devon foi cremado portanto isso não adiantaria para mim.

Algumas pessoas vão à igreja.

Hoje não é domingo, observo.

Mas aos domingos você e seu pai costumam ir à igreja?

Dou de ombros. *A gente costumava ir a uma com os Escoteiros. Mas não vamos mais. Agora a gente não para o carro quando passa por lá.*

Ir à igreja poderia ser benéfico. Ou procurar um terapeuta.

Olho Para A Pessoa. *A senhora é uma terapeuta. Eu já encontrei a senhora.*

Eu sei mas talvez seu pai também precisasse de um terapeuta.

Ele pode vir falar com a senhora sobre o Desfecho?

Às vezes nós até podemos atender mas essencialmente eu estou aqui para ajudar os alunos. Conversar pode ajudar muito a vocês dois, diz ela. *Conversar sobre os seus sentimentos.*

Isso não funcionaria para mim. Não gosto de Vamos Conversar Sobre Isso.

Veja Caitlin...

Tem mais alguma coisa?

Bem a única que me ocorre assim de imediato é pedir ajuda ao tempo. O tempo é o melhor remédio.

Não é não. Como poderia ser? Um relógio não é como um comprimido ou um xarope. E eu não preciso de remédio. Preciso de um Desfecho. Começo a agitar as mãos porque o mundo está girando e quando eu agito as mãos mais depressa do que o resto do mundo as voltas do mundo não parecem tão rápidas. Devon diz que isso não faz sentido mas faz sentido para mim.

É uma coisa que você vai ter que descobrir por si mesma porque cada pessoa é diferente. Cada um de nós precisa descobrir o seu próprio jeitinho especial.

E eu que pensava que eu é que era especial e que todas as outras pessoas eram normais. Quase pergunto a ela o que as pessoas normais fazem mas acho que não iria adiantar para mim. *Isso não ajuda.*

Ela encosta na minha mão agitada e eu a afasto depressa. *Você há de ter alguma ideia Caitlin*, diz ela. *Quando menos esperar a solução vai cair do céu.*

Olho para as nuvens pela janela da sala.

Desculpe, diz ela. *Eu não quis dizer que a solução vai literalmente cair do céu e sim que você vai pensar em alguma coisa.*

Dou um grande suspiro e digo, Ótimo. *Vou descobrir por mim mesma.*

Mas não faço a menor ideia de como.

Caminhamos juntas pelo pátio e a Sra. Brook fala mas eu não consigo ouvir. Só consigo pensar no Desfecho. Quando a campainha toca continuo lá chupando o punho da blusa até me lembrar que tenho um possível amigo por isso vou procurar Michael. Ele está no trepa-trepa mas desce e vem falar comigo assim que faço nossa saudação.

Oi Caitlin.

Você sabe como chegar à vivência da conclusão emocional de uma situação de vida difícil?

O quê?

Desfecho. Você sabe onde arranjar um?

Não. Mas vou perguntar ao meu pai. Ele é ótimo para encontrar coisas.

É mesmo? O meu não é. Seu pai é superinteligente ou algo assim?

Ele dá de ombros. *Não sei. Ele parece superfeliz.*

Que sorte a sua. O meu pai vive triste.

Michael abana a cabeça. *Eu não me sinto com sorte. Eu me sinto mal por não estar alegre o tempo todo como ele.*

Ele sempre quer que eu faça alguma coisa tipo jogar bola ou frisbee ou boliche e às vezes eu não estou com a menor vontade de fazer essas coisas porque estou me sentindo triste.

De repente se o meu pai e o seu se encontrassem eles se tornariam pessoas normais.

De repente.

E aí você vai perguntar mesmo a ele?

Perguntar o quê?

Sobre o Desfecho?

Que palavra difícil.

É como fecho. Só que com DES na frente.

Tudo bem. Vou perguntar a ele.

Obrigada. Sorrio. Essa é a MINHA educação. E por falar nisso olha aqui os SEUS adesivos. São dos planetas. Tem uns que brilham no escuro.

Ele olha para os adesivos. Uau. ADOREI! Obrigado!

Não há de quê.

Quando papai está me levando para casa de carro olho para o cartaz na frente da igreja que a gente costumava frequentar. Está escrito: *NOSSOS CORAÇÕES ainda estão com as famílias de Julianne, Devon e Roberta.* Só que *NOSSOS CORAÇÕES* não puderam fazer nada para salvar o Coração de Devon. Talvez seja por isso que papai não para mais o carro.

Preciso encontrar o Desfecho.

Capítulo 13

MATAR PASSARINHO

ESTOU PARADA DIANTE DA PORTA DE Devon. Toda vez que não sei o que fazer vou para o quarto de Devon e pergunto a ele. Eu quero MUITO saber mais sobre Desfecho. E não sei mais a quem perguntar.

Só que Devon não está aqui.

Mas o quarto dele está.

Não entro ali desde que papai bateu a porta no Dia Em Que A Nossa Vida Desmoronou. Sei que isso significa que papai não quer que eu entre mas não entendo por quê. Mesmo que a porta não tenha meu nome escrito quero ficar com Devon. Preciso ficar com Devon. E sei que Devon abriria a porta para mim.

Ponho a mão na maçaneta. É fria e forte. Fico segurando-a por um tempo como se estivesse segurando a mão de Devon. Como costumava fazer quando entrava no quarto atrás dele e ele me deixava desenhar enquanto fazia o dever de casa desde que eu não ficasse falando ou cantando ou fazendo barulhos esquisitos com a boca. Fecho os olhos e prometo para a porta que não vou ficar falando nem cantando nem fazendo barulhos esquisitos com a boca e então giro a maçaneta. Depois de um estalo a porta abre.

Quando enfio a cabeça na névoa azulada e suave do quarto dele sinto seu cheiro e sua presença e sorrio. É como se o mais puro Devon estivesse aqui. Termino de entrar e fecho a porta atrás de mim sem fazer barulho.

Lá está a poltrona-pufe onde Devon sempre senta. E os livros que papai jogou no chão. E a cama que nunca é feita porque Devon não suporta fazer a cama. E a prateleira com os troféus. Beisebol. Basquete. Escoteiros.

Olho as paredes cobertas de desenhos meus. Ele ainda tem coisas que fiz no maternal coladas ali com durex. Não entendo por quê. São bem ruins. Agora sei desenhar muito melhor. O passarinho que desenhei quando tinha quatro anos nem parece um passarinho.

Agora já sei desenhar passarinhos que parecem de verdade. No ano passado papai inscreveu a águia que desenhei num salão de arte para adultos e ela ganhou o primeiro prêmio. Papai e Devon ficaram tão felizes que eu até pensei que eles tinham feito confusão e achado que eles é que tinham desenhado a águia. Mas eles não fizeram confusão não porque Devon disse, *Talvez você seja a melhor artista do estado*, e papai também disse a mesma coisa.

Devon até falou que quando eu for adulta posso me tornar a melhor artista do país! Ainda me lembro onde ele estava sentado quando disse isso. Bem ali. Na poltrona-pufe azul com aquela capa de plástico chata que faz barulho de pum quando a gente se enfia nela. É o lugar onde Devon mais gosta de sentar. Eu não.

Então me viro e olho para ele. Meu esconderijo. O melhor lugar do mundo. Quando tem uma tempestade ou uma queima de fogos de artifício ou um monte de sirenes Devon me deixa ir para o esconderijo que fica no canto entre o pé da cama e a cômoda. Ele até usou o canivete de Escoteiro para gravar meu nome debaixo da cômoda onde papai não podia ver e ficar bravo porque a gente não pode colar adesivos nos móveis e Devon diz que tem quase certeza absoluta de que a regra Não Cole Adesivos Nos Móveis também vale para nomes gravados com canivete.

Resolvo entrar no meu esconderijo e rastejar até o fundo debaixo da cômoda para olhar meu nome e passar o dedo nele. Não é meu nome verdadeiro. É o nome Scout que Devon me deu. É da menina de *Matar Passarinho* porque ele adora aquele filme. Tem duas crianças na história: o menino Jem e a menina Scout. Eles são irmãos e também tem o pai e uma senhora que passa o tempo todo na cozinha e que eu pensava que era a mãe só que toda noite ela vai para casa cuidar dos outros filhos. Eu pensei que talvez fosse por isso que minha mãe foi embora. Para cuidar dos outros filhos. E que ela devia ter dificuldade para entender instruções como eu e aí nunca mais conseguiu encontrar o caminho de volta para casa. Perguntei para Devon se era isso e ele falou que era um absurdo e que eu não devia culpar mamãe por ter tido câncer e morrer. Ela não queria morrer. Eu falei que a Scout e o Jem deviam tratar melhor a mãe deles porque provavelmente ela estava morrendo de câncer e um dia não iria mais poder voltar para casa e preparar o café da manhã. Ele falou, *Ela é a empregada!* Mas para mim ela ainda é a mãe.

O pai usa uns óculos engraçados e está sempre de terno e não fica bravo nem quando as pessoas cospem na cara dele. Bem que eu gostaria que papai não gritasse comigo quando eu atiro as coisas em cima dele. E ele deu um tiro num cachorro. Estou falando do pai do Jem e da Scout. Mas Devon disse que o cachorro estava doente e que atacaria todos e aí eles morreriam.

Acho que às vezes é bom atirar nas coisas. Mas não em Devon. Devon não ia atacar ninguém nem fazer ninguém morrer.

Devon tem o jeito do Jem. Todo o jeito. Ele é até parecido de cara com o Jem. Só que Devon quebrou o nariz jogando beisebol. E eu não sei exatamente qual é a cor do cabelo e dos olhos do Jem porque o filme é preto e branco o que quer dizer que é mais cinza que outra coisa. O cabelo de Devon é castanho e as pessoas dizem que os olhos dele são grandes e bonitos e castanhos mas a verdade é que tem muito preto e branco neles. Eu gosto das coisas em preto e branco. Preto e branco é mais fácil de entender. Cor demais confunde a cabeça da gente.

Eu pareço um pouquinho com a Scout. Parecia mais com a Scout quando tinha sete anos e Devon cortou o meu cabelo igual ao dela mas papai falou que era para ele nunca mais fazer isso. Eu não achei o corte feio. Mas não gostaria de me fantasiar de presunto no Halloween como a Scout teve que fazer no filme mas se tivesse eu sei que Devon iria me proteger como o Jem fez mesmo que aparecesse alguém no caminho dele com uma faca feito o cara mau no filme. Fico pensando se Devon estava tentando ajudar alguém como eu quando o cara mau apareceu no caminho dele com uma bala.

A primeira vez que a gente assistiu a *Matar Passarinho* eu fiquei esperando o filme inteiro para ver o pai dar um tiro num passarinho. Ele já tinha dado um tiro num cachorro. E tinha boa pontaria. Mas ninguém matou um passarinho o filme inteiro. No final eu falei que era o nome mais burro do mundo para um filme. Devon falou que eu não sabia o que estava dizendo. Naquele ano o professor de literatura dele mandou a turma ler o livro e ele disse que o título fazia muito sentido e que era isso que queria dizer:

É errado atirar em um inocente que jamais teve a intenção de fazer mal a alguém.

Eu ainda não tinha Captado O Sentido e falei, *Mas você disse que o cachorro estava doente e que FARIA mal a eles.*

E Devon respondeu, *A frase não se refere a cachorros e sim a gente! Ninguém deve fazer mal a pessoas inocentes Scout. É isso que quer dizer.*

Acho que aqueles garotos maus que deram os tiros na escola não estavam prestando atenção na aula de literatura porque não Captaram O Sentido do livro mesmo.

CAPÍTULO 14

MINHAS HABILIDADES

É HORA DO RECREIO E ACHO QUE a Sra. Brook deve ter Asperger também porque ela é muito persistente e essa é uma das minhas habilidades. Ela cismou mesmo com aquela ideia de Vamos Fazer Amigos embora eu esteja deixando muito claro com os olhos que não estou mais interessada na conversa. Só quero falar sobre Desfecho porque embora eu tenha voltado a frequentar meu esconderijo ainda não encontrei um Desfecho. Mas a Sra.

Brook só fica falando das muitas maneiras de fazer amigos. Começo a chupar o punho da blusa mas ela diz que o punho não é uma delas.

Amigos dão apoio uns aos outros. Amigos ajudam a resolver problemas. Você pode compartilhar tanto com os amigos, diz ela com a sua Voz Boazinha.

Tipo minhocas de gelatina? Ponho a mão no bolso e vejo que tenho três minhocas.

Eu estava pensando mais em sentimentos.

Ah. Desses eu não tenho nenhum.

É claro que tem. Mas se você não está interessada em compartilhar sentimentos ainda pode compartilhar pensamentos e ideias.

Fico só imaginando o quanto as pessoas ririam de mim se eu compartilhasse meus pensamentos e ideias com elas. *Por quê?*

Essas são habilidades interpessoais que nos ajudam a Lidar Com os outros.

Habilidades interpessoais não estão no meu conjunto de habilidades. Lembra?

Me diga quais são as que estão no seu conjunto.

Eu consigo arrotar o alfabeto inteirinho.

Não sei se as meninas da sua idade apreciariam muito isso.

Ah. E os meninos?

Provavelmente. Mas eu gostaria de ouvir algumas das suas outras habilidades.

Dou um suspiro. *Quer ouvir a lista inteira?*

Quero.

Dou outro suspiro. *É comprida.*

Temos tempo.

Está bem. Enquanto recito minha lista fico balançando a cabeça para a frente e para trás como o *tique-taque* de um relógio.

Desenhar. Tique.

Memorizar coisas. Taque.

Lembrar coisas que os outros esquecem. Tique.

Pesquisar coisas nos livros e no computador. Taque.

Ser prestativa. Tique.

Ouvir coisas que os outros não ouvem. Taque.

Ser gentil. Tique.

Ser honesta. Taque.

Ler. Tique.

Preparar uma tigela de cereal sem derramar. Taque.

Ver coisas que os outros não veem. Tique.

Pôr os pratos na lava-louças. Taque.

Ser persistente. Olho Para A Pessoa. *Como por exemplo quando digo que quero um Desfecho e NÃO amigos.* Tique.

A Sra. Brook fica toda animada com a minha lista e me diz como compartilhar minhas habilidades com os outros. Mas eu não presto muita atenção porque ela também não prestou atenção na minha indireta sobre o Desfecho.

Depois de um tempo escuto a voz dela de novo. *Caitlin. Vamos observar as habilidades interpessoais em ação ao nosso redor neste exato momento.*

Como?

Está vendo aquelas duas meninas ali perto do balanço?

Franzo os olhos para o lugar que ela está apontando.

Uma delas está confortando a outra que deve estar se sentindo triste ou magoada.

Qual é qual?

A cabeça da Sra. Brook faz o lance da tartaruga. *A menina de jaqueta vermelha está com o braço em volta da menina de calça jeans. Está vendo?*

Estou.

Então é ela que está confortando a menina de calça jeans.

Ah. Como será que ela consegue descobrir com tanta rapidez e facilidade? Deve ser por isso que ela é uma orientadora.

Ficamos observando mais habilidades interpessoais no pátio. Um garoto dá um chute numa pedra. A Sra. Brook diz que ele está zangado porque obviamente estava tentando marcar um gol mas não conseguiu. Não acho isso nem um pouco óbvio. Mas acho que é perigoso chutar uma pedra. A Sra. Brook diz que não tem problema se for só uma vez e olha como ele voltou depressa para o jogo isso não é bom?

Ela me diz para tentar adivinhar o que as pessoas estão sentindo mas esse é o tipo do jogo burro porque como é que eu vou saber o que se passa pela cabeça delas?

Ela aponta para umas meninas que estão reunidas num círculo conversando e rindo ALTO. Estão curvadas para a frente. *O que acha que elas estão sentindo?*

Vontade de vomitar?

Ela Olha Para A Pessoa.

Bom elas estão curvadas de um jeito que parece que vão vomitar.

Você costuma rir tanto assim antes de vomitar?

Eu não. Mas quem pode saber se com elas não é assim?

Você acha mesmo que elas estão prestes a fazer isso?

Não faço a menor ideia. Não sou elas.

Mas se você se puser no lugar delas pode sentir o que elas estão sentindo.

Começo a caminhar em direção às meninas para me pôr no lugar delas mas a Sra. Brook me interrompe. *É só uma expressão,* explica. *O que estamos trabalhando em Caitlin é a empatia.*

Isso é como emoção?

É parecido.

Não obrigada. Não levo jeito com emoções.

Você só precisa imaginar como os outros estão se sentindo.

Por quê?

Porque assim você sabe de que jeito se comunicar com eles.

E se eu não quiser? Ou não puder.

Preste atenção Caitlin. Isso é importante. Se as pessoas estiverem se sentindo felizes você pode ser feliz junto com elas. Se alguém estiver se sentindo muito triste você deve ficar em silêncio com a pessoa e de repente tentar animá-la um pouco e não já chegar toda contente e falando em voz alta porque isso não combina com o sentimento da pessoa.

A senhora não está combinando com o meu sentimento agora.

Não? E qual é o seu sentimento?

Chateação. E tédio.

Ela fica em silêncio por um momento. *Isso é mais uma reação do que um sentimento. Por baixo da reação como você está se sentindo?*

Acho que estou bem.

Feliz?

Não sei. Talvez confusa.

Ela balança a cabeça. *Compreender as pessoas e fazer amigos não é fácil para ninguém.*

Para mim é ainda mais difícil.

É verdade.

Não existe nenhuma maneira mais fácil de fazer amigos?

Você pode procurar crianças que estejam sozinhas e que de repente gostariam de ter uma amiga para brincar.

Faço que não com a cabeça. *Não tem ninguém sozinho aqui. Todos têm amigos.*

Mas de repente eles gostariam de ter mais uma amiga. E aposto que nem todos têm amigos. Você nunca viu nenhuma criança sozinha no recreio?

Dou de ombros. *Só uma.*

E por que não vai falar com ela?

Porque sou eu mesma e Devon disse que eu não devia falar sozinha. Pelo menos não em público.

Eu acho que você simplesmente não está enxergando as pessoas. E você precisa olhar para elas com muita atenção.

Não sou boa nisso.

Você precisa praticar.

Faço que não com a cabeça.

Por que não?

Dá MUITO trabalho.

Você pode tentar um pouquinho de cada vez.

Dou um suspiro.

Por exemplo. Olhe para mim.

Eu olho.

Assim não. Olhe nos meus olhos.

Dou outro suspiro e cruzo os braços. *Tá bem.* Dou uma olhada rápida nos olhos dela. São pretos e brancos e castanhos. Como os de Devon. Eu nunca tinha notado isso antes. Fico tão surpresa que encaro direto em vez de desviar os olhos.

Bom! Muito bom Caitlin! É assim que você mostra para as pessoas que está interessada nelas e escutando o que dizem. Está vendo como meus olhos estão felizes agora?

Concordo com a cabeça. Ainda estou olhando nos olhos dela ou melhor onde os olhos dela estavam porque ela acabou de virar a cabeça para olhar por onde anda. Quando ela se vira encontro seus olhos de novo e fico encarando. Estou ficando boa nisso.

OK mas não precisa encarar tanto nem por tanto tempo.

Fecho os olhos.

Você pode olhar em outra direção por alguns segundos e depois voltar para os meus olhos.

Experimento.

Tente me olhar de um jeito mais relaxado para não dar a impressão de que vai pular em cima de mim quando olha nos meus olhos.

Está vendo só? É muito difícil!

Mas você conseguiu! Nós agora só estamos aprimorando a técnica. Você só precisa continuar praticando. É uma questão de finesse.

FiNESse?

Isso.

Gostei dessa palavra. O que quer dizer?

Fazer uma coisa com tato e habilidade ao lidar com uma situação difícil.

Fico surpresa por só estar aprendendo essa palavra agora. Ela é a minha cara! É o que tento fazer todos os dias para Lidar Com essa situação difícil chamada vida.

CAPÍTULO 15

FINESSE

AINDA NÃO ENCONTREI O DESFE-cho mas então lembro que Michael ficou de perguntar para o pai dele. Quando está na hora de a Sra. Brook ir embora corro para o pátio procurando por ele.

Finalmente eu vejo seu boné de beisebol vermelho perto do escorrega e corro até Michael. *Perguntou ao seu pai sobre o Desfecho?*

Ele se vira. *Oi Caitlin!*

Perguntou ao seu pai sobre o Desfecho?

Perguntei.

E o que ele disse?

Vamos jogar futebol.

Não gosto de futebol.

Não. Eu quis dizer que foi isso que o meu pai falou.

E o que tem futebol a ver com Desfecho?

Sei lá. É assim que ele responde a um monte de per-
guntas.

Ah. Às vezes os adultos não respondem às perguntas.

Mas afinal o que é Desfecho?

É uma coisa que ajuda você a se sentir melhor quando
alguém morre.

Ah. Pode me dar um pouco?

Não porque eu não tenho e nem sei como conseguir.

A cabeça dele se abaixa. Acho que isso quer dizer
triste.

Mas eu vou encontrar.

Aí você divide comigo?

Divido.

Ele Olha Para A Pessoa. Seus olhos meigos estão
franzidos. *Promete?*

Faço que sim com a cabeça.

Palavra de Escoteira?

Olho Para A Pessoa também. Fixo. Como é que ele
sabe meu apelido?

Palavra de Escoteira? ele pergunta de novo.

Faço que sim com a cabeça. *Palavra de Scout.*

Só então noto que Michael está usando um macacão. Igual ao que a Scout usa em *Matar Passarinho*.

Ih! É a roupa de Matar Passarinho*!*

Ele fica sério. *Eu não mato passarinho.* Michael é muito esperto para um menininho da idade dele.

Que bom, digo para ele, *porque não se deve mesmo fazer isso.*

Então por que você falou que era a minha roupa de matar passarinho?

É a roupa que a Scout usa em Matar Passarinho. *É o nome de um filme.*

Ahhh.

Fico olhando o macacão dele. *É confortável?*

Ele olha para o peito e passa a mão pelo bolso. *Ele é meio assim de jeans. Pode passar a mão se quiser.* Ele estica o peito para mim.

Faço que não com a cabeça. *Eu estava pensando se as alças machucam e se a parte da cintura é larga demais daí entra corrente de ar e faz frio.*

Ele dá de ombros. *Eu me sinto normal nele.* Ele põe a mão na nuca. *Mas não gosto deste agasalho. Tem uma etiqueta atrás que fica me espetando.*

Eu detesto etiquetas! conto para Michael. *Você devia comprar as que vêm sem etiqueta. Eu só tenho dessas.*

Papai comprou umas roupas novas para mim mas ele não leva muito jeito para essas coisas. Não como mamãe levava.

Você só precisa dizer para ele o que quer. Eu uso calça de moletom e blusa de manga comprida todos os dias. Menos no verão. Aí as calças e as blusas que eu uso são de manga curta. A blusa pode ser de qualquer cor. Eu não ligo desde que não seja amarela ou dourada ou verde-musgo ou verde-vômito ou verde-cocô — Isso faz Michael começar a rir — *ou qualquer tom de cor-de-rosa porque essas cores me deixam enjoada. E tem que ser de uma cor só porque eu não gosto das cores esbarrando umas nas outras. E também não pode ter nada escrito na frente porque senão as pessoas vão ler e eu não quero que elas fiquem me olhando. E as blusas de manga comprida não podem ter daqueles punhos que ficam pinicando. E nenhuma delas pode ter etiqueta atrás nem gola. Nem listras. Nem bolsos. Nem pespontos em ziguezague. Nem pespontos duplos. Agora que o meu pai já sabe ele diz que comprar roupa para mim é Mamão com Açúcar.*

Michael ri de novo.

Sorrio como sempre faço quando papai diz isso porque mesmo sem entender o que ele quer dizer exatamente eu sei que mamão com açúcar é gostoso então deve ser uma coisa boa.

De repente presto atenção no rosto de Michael. *Você andou comendo terra?*

Ele fica sério e faz que não com a cabeça. *Só William H. come terra.*

Eu sei. Mas então o que é isso marrom no seu rosto?

Ele põe a mão no rosto e o esfrega de um lado para o outro e então olha para os dedos. *É calda!* Ele sorri e lambe os dedos. *Do bolo de chocolate da festa de aniversário.*

É seu aniversário?

Não. Da Shauna. Meu aniversário é em outubro. Acho. Ou em novembro. Em qual dos dois tem Halloween?

Em outubro. É o meu feriado favorito.

O meu também! Menos pelo meu aniversário. Vou fazer sete anos! Estou ficando velho.

Quase digo a ele que com sete anos ele ainda é um bebê mas então me lembro da finesse e só digo, *Eu vou fazer onze no mês que vem.*

Uau! Você é muito velha! Deve saber um monte de coisas.

E sei mesmo. Mas algumas eu só conheço há pouco tempo. Como por exemplo finesse.

O que é isso?

É meio difícil de explicar mas é uma coisa que eu tenho bastante.

Ah.

Quer me ver arrotar o alfabeto inteirinho?

Você sabe fazer isso?

Balanço a cabeça.

Faz! Faz!

Eu faço e ele fica me encarando com a boca aberta até eu chegar ao XYZ daí ele cai no chão rindo. *Posso chamar meus amigos para eles verem você fazer?*

Josh é um dos seus amigos?

Ele faz que não com a cabeça e então eu lembro que este é o segundo recreio por isso Josh já entrou.

Tudo bem. Claro.

Fico prestando atenção para ver como ele reúne seus amigos. Ele encosta neles sem agarrar. Olha Para A

Pessoa mas não invade seu Espaço Pessoal. Ele também chama os nomes de alguns dos amigos que estão brincando e acena com as mãos na direção do peito várias vezes. Aí aponta para mim e começa a correr na minha direção. E é como se os amigos estivessem amarrados a ele com barbante porque correm para ele de tudo quanto é direção até estarem todos na minha frente.

Essa é a minha amiga Caitlin, diz Michael.

Fico toda orgulhosa quando ele fala isso.

Ela sabe arrotar o alfabeto inteirinho!

Mentira!

Sério?

Jura?

Faz!

E eu faço. Eles me acham o máximo. Aí nós começamos a fazer outros barulhos e enrolar a língua e fazer olho vesgo e mexer as orelhas e pular em círculos e de repente a campainha toca e todo mundo corre para a professora.

Estou me sentindo feito Branca de Neve porque agora tenho um monte de amigos anõezinhos que me adoram. Posso não saber como é usar o macacão da Scout mas acho que sei como é usar o vestido da Branca de Neve porque agora sei por que a Branca de Neve era feliz.

CAPÍTULO 16

A LISTA

ESTOU DE NOVO NO QUARTO DE Devon olhando para o nome SCOUT gravado na madeira. Ver meu nome especial me faz bem. Devon diz que sua parte favorita de *Matar Passarinho* é quando a Scout fala com aquele bando de caras zangados e faz com que eles vão embora. E ela só fala oi e que conhece os filhos deles da escola. Então os caras zangados vão embora. Eu não Captei O Sentido. Mas Devon diz que eu sou exatamente assim porque falo coisas óbvias e as pessoas dizem *ah!* e aí elas param para pensar. Ele diz que eu posso resolver um monte de problemas só por ser parecida com a Scout. Só que eu ainda não encontrei o Desfecho. Será que se eu ficar mais parecida com a Scout eu consigo encontrar o Desfecho? Papai disse que cortar o cabelo feito a Scout nem pensar mas de repente eu poderia me vestir como ela. Começo a chupar o punho da blusa e fico pensando se poderia usar o macacão da Scout feito o Michael. O que será que Devon diria de um macacão igual ao da Scout?

Depois de um tempo resolvo apanhar meu Dicionário mesmo já tendo lido Desfecho trinta e sete vezes e ele continuar não me ajudando. Rastejo para fora do meu esconderijo querendo voltar para o meu quarto mas então vejo os livros de marcenaria no chão e mudo de ideia e começo a lê-los. Descubro umas palavras com um som bacana como por exemplo sulco e entalhe e cavilha e encaixe. Termino de ler os três livros que são bem curtinhos e o Manual dos Escoteiros. Olho debaixo do cobertor de Devon que está no chão para ver se tem mais livros. Não tem. Mas tem uma folha solta de caderno espiral com a letra de Devon.

Está escrito *PROJETO DE ESCOTEIRO ÁGUIA* no alto.

Embaixo diz, *Armário estilo Missão com duas prateleiras e uma porta.*

Depois vem uma lista:

Madeira de carvalho quarter-cut
Serra circular ou serra de mesa
Plaina
Torno
Serra sabre
Furadeira
Grampos sargento ou grampos de tubo
Cola de carpinteiro
Lixadeira
Parafusos para madeira
Dobradiças
Pano antiestático
Verniz de poliuretano de secagem rápida
Óculos de proteção e protetores de ouvido

E no fim da folha vem:

Ganhar prática ensinando técnicas de marcenaria para Scout.
Quando ela aprender, marcar a reunião para ensinar à tropa.

Fico olhando para o papel. Ele ia me ensinar a trabalhar em madeira. E então me dou conta de que ele me ensinou tudo que sei e que agora talvez eu nunca mais volte a Captar O Sentido de coisa alguma porque ele não está mais aqui para me ensinar.

Não estou mais me sentindo bem neste quarto por isso vou buscar minha manta roxa e me enrolo nela e vou para a sala. Me enfio debaixo da almofada do sofá mas deixo uma fresta para poder ficar olhando o armário de Devon.

Papai senta no chão perto de mim. Dá para ver suas calças e botas de trabalho. *Você está bem?*

Continuo olhando para o armário.

Ele suspira. As mãos caem sobre as pernas e ele suspira de novo. *Escute Caitlin. Seu aniversário está chegando. O que você gostaria de fazer?*

No ano passado Devon me levou ao shopping. Uma loja chamada Limited Too. Disse que eu precisava usar roupas que não me deixassem com um ar esquisito. E me disse quais roupas eram essas. Mas eu não gostei das primeiras dezessete blusas que ele escolheu.

A primeira era rosa-choque. Rosa-choque é cor de xarope e tem um jeito assim de coisa melada e doente.

A segunda tinha uma etiqueta que espetava.

A terceira parecia feita do couro de um dinossauro carnívoro e eu seria devorada viva.

A quarta tinha uma listra na diagonal e era má.

Ela não é má, disse Devon.

É má é má é má! insisti e gritei até ele tentar tapar a minha boca e eu mordi o dedo dele com força e ele tentou tirar o dedo da minha boca mas eu não soltei até ver as lágrimas saindo dos olhos dele. Ele se dobrou no chão apertando o dedo e o rosto ficou vermelho e eu compreendi pela primeira vez que Devon sente dor.

E agora fico pensando se ele sentiu dor no Dia Em Que A Nossa Vida Desmoronou.

Sinto uma mão fria no meu braço e me encolho toda. É papai. *Caitlin. O que vai querer fazer no seu aniversário?*

Respondo baixinho que quero que Devon me leve ao shopping.

Papai se vira e sua cabeça fica me espiando. *O quê?*

Quero que Devon me leve para fazer compras como no ano passado.

Papai abaixa a cabeça até o queixo tocar no peito. Não diz nada por um tempo. Depois levanta os olhos. *Ele não pode fazer isso.*

Mas é o MEU aniversário e é isso que eu quero.

Ele suspira e explica que Devon não está mais entre nós e sim no Céu com minha mãe e que os dois estão olhando por nós e sempre vão nos amar.

Mas eu sei disso. Por que ele está me explicando? Será que está relembrando a si mesmo?

Quando ele finalmente termina, digo, *Mesmo assim eu quero que ele me leve.*

Papai faz que não com a cabeça e fica olhando para o tapete mas seus olhos estão molhados. Talvez ele esteja fazendo bicho de pelúcia. Por fim ele diz que vai preparar o jantar. Isso quer dizer que a conversa acabou.

Empurro a cabeça mais fundo debaixo da almofada do sofá mas ela não me esconde totalmente como eu gostaria.

CAPÍTULO 17

NÃO PERCA A CABEÇA

JÁ ESTOU ACOMPANHANDO O ANDAR da Sra. Brook muito melhor no recreio. Ela diz que eu não pareço mais estar marchando junto com ela por isso está bem mais natural e TAM-BÉM demonstra muita finesse. Fico sorrindo até ela dizer a próxima coisa.

Seu pai tem medo de que você talvez não entenda que Devon... não está vivo. Ele me contou que você fala que Devon diz isso e faz aquilo como se ele ainda estivesse vivo.

Eu sei que digo isso mas não quer dizer que eu pense que ele ainda está vivo. Ele estava vivo quando dizia essas coisas.

Seu pai disse que você quer que Devon a leve para fazer compras.

E quero mesmo.

Mas Devon não pode levá-la para fazer compras. Você entende isso?

Entendo. Mas ele perguntou o que eu queria. E é isso que eu quero. Eu sei que não posso ter.

Ah sim. Mas quando você conversar com seu pai talvez seja bom deixar claro que você entende que Devon se foi.

Isso vai deixar papai feliz?

Acho que sim. Vai.

Muito bem. Vou tentar.

A Sra. Brook sorri. *Sabe de uma coisa? Você está começando a demonstrar empatia.*

Estou?

Você lamenta ver seu pai nesse estado. Sabe que ele está sofrendo e quer fazê-lo feliz. Isso é maravilhoso.

Balanço a cabeça mesmo sem ter certeza se entendi totalmente.

Ela começa a falar sobre amigos de novo mas eu a interrompo.

Já fiz um, conto a ela. *Aliás tenho sete amiguinhos anões.*

Ela inclina a cabeça. Depois faz que não. *Eu estou falando de gente de verdade Caitlin.*

Eu também. São alunos da primeira série. Acho. Pelo menos Michael é.

Ela faz o lance do pescoço de tartaruga. *Michael Schneider?*

Não sei. É um que usa um boné de beisebol vermelho do Potomac Nationals?

É o próprio. Caitlin. Você se lembra do nome da professora que foi morta no Colégio Virginia Dare?

Claro. Era Sra. Roberta L. Schneider. Então penso no sobrenome de Michael. *Ah. Eles são parentes?*

A Sra. Brook faz que sim com a cabeça. *Ela era a mãe de Michael.*

Eu sabia que a mãe dele tinha morrido mas não que tinha sido de um tiro como Devon. *É por isso que ele estava no serviço religioso?*

Hum-hum. Aliás acho que todos nós estávamos no serviço religioso. Somos uma cidadezinha pequena por isso é como se fôssemos uma grande família. Mas... ainda assim... que estranho vocês terem se encontrado.

Não é estranho, digo a ela. *Eu agora frequento o recreio dos menores. Lembra? E ele estava chorando a primeira vez que o vi por isso eu fui lá ser gentil com ele. E ele sabia de Devon. Ele disse que eu era a irmã esquisitinha do...*

Era o quê? A Sra. Brook estica o pescoço de novo.

Ele não queria dizer isso realmente. E pediu desculpas. Ele é bonzinho. Por isso não é estranho a gente ficar amigos.

Ela sorri. *Tem razão. Acho que você e Michael têm uma amizade muito importante.*

Eu também. E fico feliz por ter adesivos e minhocas de gelatina para dar a ele.

Quando o recreio dos menores começa dou para Michael mais um monte de adesivos de planetas e todas as minhocas de gelatina que carrego no bolso.

Obrigado! Ele olha para as minhocas. *Como é que elas se chamam?*

Começo a dar nomes para elas mas paro. *Escolhe você os nomes delas.*

Ele abre um sorriso. Balança a minhoca laranja na minha frente e depois a vermelha. *Esse é Henry e essa é Mudge.*

Como os personagens do livro, digo.

Ele faz que sim com a cabeça. *E essas duas verdes aqui são Sapo e Perereco. Você leu esses livros?*

Eu tenho todos eles.

Eu também, diz ele. *Ei adivinha só!*

O quê?

Minha professora falou que a gente vai ter companheiros de leitura da quinta série. Quer ser minha companheira?

Eu não estou sabendo de nada sobre os companheiros da quinta série. Não sei se vou participar. Pode ser que seja durante o primeiro recreio quando eu tenho hora com a Sra. Brook.

Ele abana a cabeça. *Não. Vai ser no fim do dia. Começa quinta-feira.*

Ah. Fico pensando se a Sra. Johnson falou com a gente e eu não estava prestando atenção. Às vezes isso acontece. Toda hora.

Ei adivinha só! diz Michael. *Hoje é o aniversário do Tyler. A gente ganhou cookies decorados com ursinhos de gelatina.*

Que sorte.

E ele vai dar uma festa sábado num rinque de patinação. Que tipo de festa você vai dar?

O quê?

Você disse que o seu aniversário é mês que vem.

E é mesmo.

Que tipo de festa você vai dar?

Eu não dou festas.

Ah. O que você faz?

Vou ao shopping com meu irmão.

Seus olhos de Bambi se arregalam e ele não diz nada por alguns segundos. *Mas seu irmão não morreu?*

Morreu. Mas mesmo assim eu quero ir.

Ele balança a cabeça devagar. *Eu sei como é. Também tenho vontade de ir aos lugares com a minha mãe.*

Sinto um calorzinho gostoso no Coração porque Michael Captou O Sentido. *Meu pai não Captou O Sentido*, digo a ele.

Nem o meu.

Ele ainda quer jogar futebol?

Michael suspira. *O tempo todo.*

Ele deve adorar futebol.

Pior que é. Mas acho que ele não joga muito bem.

Por quê?

Porque eu ouvi a minha avó dizer que ele está tentando tocar a bola pra frente mas no fundo mal está se aguentando nas pernas.

Viro e Olho Para A Pessoa. *Seu pai é muito velhinho?*

Michael também Olha Para A Pessoa. *Não. Quer dizer que por mais que ele se esforce nunca vai ser um bom jogador de futebol. Minha avó diz essas coisas o tempo todo. Ela pergunta que bicho te mordeu quando você está de mau humor e diz que você está no mundo da lua quando não presta atenção e chama você de meu anjo quando pede para ir buscar um copo de chá gelado na cozinha.*

Não posso deixar de rir. Fico imaginando um anjo carregando um copo de chá gelado numa bandeja.

Michael também ri. *Sabe qual é a coisa que ela diz que eu acho mais engraçada? Quando ela quer que você fique calmo ela diz... Não perca a cabeça!*

Eu continuo rindo. *Como é que alguém pode perder a cabeça?*

Sei lá! Michael ri às gargalhadas.

E ficamos rindo juntos até a campainha tocar.

Quando chego em casa lembro o que a Sra. Brook falou sobre papai e Devon e então bolo um plano para resolver o problema. Sento no sofá e começo a falar sem parar sobre Devon só que não o chamo mais de

Devon. Agora eu o chamo de Devon-que-está-morto.
E falo o novo nome dele um monte de vezes até papai
me pedir para parar.

Mas esse é o nome dele.

Não. O nome dele é Devon.

Não. O nome dele ERA Devon. Agora é Devon-que-está-morto. É diferente do outro Devon. Aquele Devon estava vivo e você pensou que eu fiz confusão mas eu não fiz não porque eu sei que Devon está morto e é por isso que o estou chamando de Devon-que-está-morto e você vai se acostumar.

Não vou não. Vou sentir vontade de chorar toda vez que você disser.

Mesmo se eu disser cinquenta vezes?

Mesmo.

Mesmo cem vezes?

Mesmo.

Mesmo mil vezes?

Caitlin. Eu fico muito mal só de pensar nisso portanto eu certamente vou sentir vontade de chorar toda vez que você disser.

Só estou dizendo porque você ficou triste pensando que eu acho que Devon ainda está vivo daí eu estou mostrando para você que entendi que Devon está morto.

Papai abana a cabeça e sai da sala.

Fico olhando para o armário e desejando pela milionésima vez que Devon estivesse aqui porque mesmo quando eu tento Captar O Sentido eu não Capto.

CAPÍTULO 18

UM PLANO DE CURA

MICHAEL TEM RAZÃO. OS ALUNOS da quinta série vão ler livros para os menores. Quando a minha turma entra na biblioteca a turma de Michael já está sentada em círculo no chão. Abrimos e fechamos a mão três vezes um para o outro. É a nossa saudação especial. O sorriso dele é tão grande que até me lembro de sorrir.

A Sra. Brook também está lá e também está sorrindo. *Olá Caitlin.*

Começo a agitar as mãos. *Ainda não está na hora da Sra. Brook. Tenho que ler para o Michael.*

O sorriso dela também desaparece. *Veja foi preciso colocar o Michael e o Josh juntos.*

Olho Para A Pessoa. *Por quê? Ele é mau!*

Josh se levanta e me encara. Pisca os olhos depressa e senta de novo.

Shhh! Caitlin! cochicha a Sra. Brook. *Não está certo dizer essas coisas.*

Eu não estava falando do Michael, digo a ela.

Eu sei. Ela ainda está cochichando.

A senhora está cometendo um erro.

Nós... Ela sorri. *Estamos trabalhando em um Desfecho aqui.*

Olho ao redor da sala. *Onde é que ele está? Porque é nisso que eu estou trabalhando e gostaria de vê-lo.*

Ela me leva para o corredor e explica que Josh também está passando por um momento muito difícil como Michael e eu. E que Josh precisa entender que nem todo mundo está bravo com ele e que Michael precisa entender que Josh pode ser um menino muito legal. *É um Plano de Cura,* explica ela.

Olho Para A Pessoa. *Um Plano de Cura é um plano burro porque Josh não pode ser um menino muito legal. A senhora nunca viu como ele empurra as outras crianças no trepa-trepa? Sabe o que ele diz para elas?*

Sei. E não está certo ele dizer aquelas coisas. Mas ele também está tendo sessões de aconselhamento e nós estamos trabalhando a mágoa dele para que ele possa ter um Desfecho.

Mas e EU? Sou EU que quero um Desfecho!
Uma parte do seu Plano de Cura é fazer amigos. Certo?
Mas eu ESTOU fazendo amigos e agora vem a senhora e dá o Michael para o Josh!
Você e ele podem ser amigos da mesma pessoa.
Ela não Captou O Sentido. Michael é MEU amigo. Quero ser EU a companheira de leitura dele!
Você pode ler para ele durante o recreio ou em alguma outra hora mas nos nossos encontros semanais a dupla vai ser Josh e Michael.

O resto da porcaria da sessão de leitura é um borrão. Só sei que estou lendo muito ALTO para Michael poder me ouvir lendo para ELE mesmo estando do outro lado da biblioteca. E que a chata da garotinha para quem estou lendo começa a chorar porque diz que estou gritando com ela e eu não estou. Se o livro diz PARE! é assim que a gente deve ler. Principalmente se Michael estiver sentado perto de Josh e principalmente se Josh estiver dando um toca aqui na mão de Michael e PRINCIPALMENTE se Michael e Josh estiverem rindo juntos. E sei que a Sra. Brook me tira da biblioteca cedo mas não antes de eu ver Michael olhando para mim com seus olhos grandes de Bambi e de fazer nossa saudação especial.

Já em casa vou para o meu esconderijo no quarto de Devon. Levo comigo a folha arrancada do caderno dele.

A que diz *PROJETO DE ESCOTEIRO ÁGUIA*. A que tem a lista de materiais para o armário. A que diz que ele vai me ensinar. Fico olhando para a lista tentando encontrar o Desfecho. Esperando que de algum modo a devonicidade da lista me dê a resposta mas ela não dá.

Fico olhando para o nome SCOUT que Devon gravou e pensando se ainda posso ser Scout agora que a pessoa que me chamava de Scout morreu. Devon disse, *Se você quer ser um Escoteiro tem que Trabalhar Nisso.* Eu sei que ele estava falando dos Escoteiros homens e dos Escoteiros Águia mas ele também dizia isso em relação a tudo que eu fazia. *Você tem que Trabalhar Nisso viu Scout?* E eu dizia para ele *EU SEI* porque ele falava muito muito muito e às vezes eu não quero ouvir a mesma coisa uma duas três vezes. Principalmente quando é difícil. E Trabalhar Nisso é MUITO difícil. Eu Trabalho Nisso o tempo TODO. Meu dia inteiro é Trabalhar Nisso. Às vezes eu não quero mais Trabalhar Nisso. Por exemplo quando eu FINALMENTE arrumo um amigo e a Sra. Brook TIRA ELE DE MIM! É uma coisa-muito-difícil! NÃO-É-JUSTO!

Estou ouvindo papai chamar meu nome mas não quero sair do meu esconderijo. Estou ocupada fazendo bicho de pelúcia com o nome SCOUT gravado na madeira. Aqui embaixo é tão quentinho e aconchegante e quieto e seguro. E eu não tenho que Trabalhar Nisso. Estou até pensando em ficar aqui. Viver aqui. Para sempre.

Finalmente quando papai diz, *Por favor responde Caitlin!* eu respondo porque ele pediu com educação.

A porta se abre. *Caitlin?* A voz dele está esquisita. *Você está aqui?*

Debaixo da cômoda.

O que está fazendo aí?

Pensando.

Pensando em quê?

Pensando que vou ficar aqui e que agora este quarto é meu.

Ah é? Por quê?

Porque sempre foi para ser meu. Eu perguntei para Devon se podia ficar com ele.

Papai fica calado por um momento. Depois respira fundo. *Quando ele fosse para a faculdade?*

Ele FOI.

Escuto o som fofo e suspiroso do colchão de Devon sendo pressionado.

Mas... ele não foi para a faculdade. Ele se foi... para sempre.

Não conto para papai que não perguntei para Devon se poderia ficar com seu quarto quando ele fosse para a faculdade. Eu perguntei de outro jeito.

E Devon disse que era um jeito esquisito e que eu não devia falar assim e eu perguntei por quê.

Ele disse que as pessoas ficariam chateadas.

Não quero que papai fique chateado.

Então não conto o que eu realmente disse: *Posso ficar com o seu quarto quando você morrer?*

Acho que até entendo o que Devon queria dizer. Porque agora estou com aquela sensação de recreio no estômago.

Rastejo para fora do meu esconderijo e passo engatinhando pelos sapatos de papai quando me dirijo para o meu quarto. Pego um pedaço de papel em branco e faço um cartaz. Escrevo QUARTO DE DEVON e desenho os olhos dele no alto à esquerda. No alto à direita desenho a boca com os cantos dos lábios virados para cima para mostrar que ele está feliz. Desenho o nariz torto embaixo à esquerda. O armário eu ponho embaixo à direita. Ainda não ficou pronto. E acho que nunca vai ficar.

CAPÍTULO 19

SAPATOS

NO COMEÇO DA MANHÃ DE TERÇA-feira Rachel Lockwood entra na sala de aula com o rosto roxo e coberto de arranhões. A perna e o braço esquerdos estão enfaixados. Todo mundo fica em volta dela dizendo, *Nossa! Que foi que aconteceu? Você está bem?*

Levei um tombo de bicicleta, conta Rachel.

Como? alguém pergunta.

Eu estava passando pelo Colégio Virginia Dare quando ouvi umas sirenes aí achei que tinha acontecido uma tragédia de novo.

Ah meu Deus! E aconteceu? pergunta uma menina.

Não, dããã! diz um menino. *A esta altura a gente já saberia.*

Rachel abana a cabeça. *Não. Mas eu fiquei vendo um carro da polícia vindo pela rua por isso não prestei atenção para onde eu ia daí a roda bateu no meio-fio e eu capotei.* Ela olha para baixo. *Eu me machuquei feio. Estava indo muito depressa com medo de levar um tiro como...* Ela para de falar e olha para mim. Todo mundo olha para mim. Fica o maior silêncio.

Você devia olhar para a frente quando anda de bicicleta, digo para ela. É o que Devon sempre me disse.

Algumas pessoas se viram e outras fazem que não com a cabeça mas eu sei que tenho razão. Emma e umas outras meninas ficam em volta de Rachel ou seja ela está no meio de um círculo com todo mundo olhando para ela. Eu não gostaria disso então fico encarando o pessoal para ver se eles pegam a mensagem e a deixam em paz.

Finalmente Rachel pergunta se o rosto dela ficou machucado demais e Emma responde, *Que nada. Está totalmente normal.*

Rachel diz, *Jura?* Olha ao redor e seus olhos param em mim.

Desvio os olhos porque eu não estava olhando para ela como as outras meninas.

Que foi? ela pergunta. Com a voz baixa e trêmula. *Meu rosto está tão mal assim?*

Embora eu não esteja olhando para ela dá para sentir que ela está Olhando Para A Pessoa. Fico pensando se ela sabe que a honestidade é uma das minhas habilidades.

Está sim, digo. *Supermachucado. Roxo e inchado e nojento.*

Rachel começa a chorar e sai correndo da sala.

CAITLIN! grita Emma. *Que coisa mais cruel! Nunca te ensinaram a ser uma boa amiga?*

É então que eu percebo que talvez devesse prestar atenção quando a Sra. Brook fala de amigos. Agora que Devon não está mais aqui para me explicar as coisas.

Tento dizer que roxo é até a minha cor favorita mas tem um monte de meninas gritando comigo. Estão dizendo que Rachel vai ficar envergonhada e constrangida e que a culpa é toda minha.

Eu tenho horror a vergonha e constrangimento. Então resolvo ajudar Rachel. Sou uma pessoa muito prestativa. Olho ao redor mas sei que não tem nenhum lugar para ela se esconder. Nenhum sofá ou cobertor ou canto onde ela possa ficar no seu Espaço Pessoal sem ter ninguém olhando para ela.

Então tenho uma ideia. Arrasto a carteira dela para fora da fila e a empurro para um canto no fundo da sala até encostá-la na parede onde ficava o terrário até a tartaruga morrer.

Escuto vozes dizendo, *Que é que ela está fazendo? Ela é tão esquisitinha!*

Ela pirou de vez!
Mas eu não ligo. Estou sendo uma boa amiga.

Volto para buscar a cadeira de Rachel e a coloco junto com a carteira ou seja ela está virada para a parede. Agora ninguém mais pode ver o rosto dela e ela pode se esconder de todo mundo. Fico feliz até que Emma e Rachel voltam e Rachel começa a chorar de novo e Emma começa a gritar e arrasta a carteira do canto e eu tento impedir e a Sra. Johnson chega e diz, *Mas o que é que está acontecendo?*

Emma diz que estou sendo cruel e a Sra. Johnson faz uma cara de lábios apertados para mim e pergunta, *O que significa isso?* E eu respondo para ela que só estou tentando ser uma boa amiga.

Alguns meninos riem mas as meninas estão furiosas e a Sra. Johnson faz questão de me acompanhar até a sala da Sra. Brook embora eu saiba como chegar lá sozinha.

Sento diante da mesa da Sra. Brook e choro porque embora eu Trabalhe Nisso eu ainda não Captei O Sentido. *Eu estava sendo uma boa amiga!*

Eu sei que estava, diz a Sra. Brook, *e sei que você se sentiria melhor sentando num canto onde as pessoas não pudessem olhar para você mas Rachel não se sentiu.*

Por que não?

Ela ficou com a impressão de que você não queria olhar para ela por isso tentou se livrar dela fazendo com que se sentasse num canto.

Mas não foi essa a minha intenção!

Eu sei mas tente se pôr no lugar dela.

Olho Para A Pessoa.

Empatia, diz a Sra. Brook. *Está lembrada? Significa tentar se sentir do jeito que a outra pessoa está se sentindo. É como se você descalçasse os seus sapatos e calçasse os da outra pessoa porque está tentando SER aquela pessoa por um momento. No caso de Rachel você precisa tentar se sentir como ela deve estar se sentindo com todos aqueles machucados feios.*

Não posso fazer isso porque não aconteceu COMIGO. Não sou eu que estou enfaixada nem com o rosto roxo e coberto de arranhões então como posso saber o que ela está sentindo?

Acho que você pode aprender a sentir empatia. A Sra. Brook sorri para mim. *Aliás eu tenho certeza.* Ela então começa a explicar a vida do ponto de vista da Rachel.

Fico escutando mas não quero dizer a ela que essa não é a vida do meu ponto de vista. Também não quero dizer que não sei se conseguiria aprender a fazer empatia. Ela parece ter certeza de que sim.

Olho para os meus tênis. Descalço um por um sem fazer barulho. Meus pés estão frios e pegajosos porque as meias estão suadas. Com todo o cuidado encosto os dedões no chão duro e frio. Depois levanto os pés do chão e os enfio de novo nos tênis. Pelo menos tentei encostar uma pontinha de mim na empatia.

CAPÍTULO 20

EMPATIA

FICO OBSERVANDO POR UM BOM tempo o cartaz que coloquei na porta de Devon. E percebo que aqueles são os primeiros olhos que desenhei na vida. E o quanto eles se parecem com os de Devon. Começo a imaginar como o retrato ficaria se eu pusesse os olhos junto com o nariz quebrado e a boca. Seria um rosto completo. De Devon. E eu sempre saberia como ele é mesmo quando eu crescesse. Ele estaria sempre comigo.

Fico pensando se juntar todas as partes do rosto me ajudaria a me aproximar do Desfecho. Se está dividido em pedaços será que juntá-los não traria o Desfecho? Mas eu nunca fiz um rosto inteiro antes. Não quero errar. Tem que sair perfeito.

Escuto papai desligando o jornal na tevê e suspirando. Lembro o que a Sra. Brook falou sobre praticar empatia por isso entro na sala e olho para os sapatos de papai.

Oi papai.

Oi Caitlin.

Não sei bem o que dizer em seguida. Os sapatos dele não me dão nenhuma dica. *Hum... e aí como vai?*

Papai levanta a cabeça. *Para ser franco neste exato momento estou ocupado resolvendo um monte de coisas na minha cabeça.*

Ah. Está procurando um Desfecho?

De certo modo sim.

Eu também. Talvez fosse bom você falar com a Sra. Brook. Ela disse que você pode fazer isso de vez em quando embora quem ela tenha que atender mesmo são as crianças da escola.

Papai faz que sim com a cabeça.

Mas de repente você também poderia falar com outra pessoa.

Papai não diz nada. Nem mesmo balança a cabeça.

Talvez você pudesse encontrar algumas soluções em livros.

Obrigado Caitlin. Agradeço muito mas pode deixar que eu mesmo encontro uma saída.

Quando?

Não sei. Acho que vai levar muito muito tempo.

E como você vai fazer isso?

Eu nem sei por onde começar. Ele fica olhando para o tapete.

E continua olhando para o tapete mesmo quando o telefone começa a tocar.

Telefone, aviso para ele.

Continua tocando. *Telefone.*

E tocando. *TELEFONE*, digo bem ALTO porque talvez ele não tenha ouvido.

Atende por favor, pede ele.

Então começa a me dar uma sensação de recreio no estômago. Detesto atender telefone. Nunca sei quem é e o que vai dizer.

O telefone toca mais duas vezes.

CAITLIN POR FAVOR!

Corro para o telefone e atendo porque tenho ainda mais horror de gritos que de telefone. Pelo menos o telefone a gente pode desligar.

Alô, diz a voz. *Alô?*

Parece a voz da tia Jolee.

Tem alguém aí?

Papai e eu estamos aqui, respondo.

Ah Caitlin! É você. Oi!

Fico esperando que ela fale mais.

Você ainda está aí?

Estou.

Ah. Eu fiquei em dúvida porque você não estava falando.

É porque você estava falando e é falta de educação falar quando a outra pessoa está falando.

Ah... Bem... Então... o que tem feito ultimamente?

Atendi o telefone e estou falando com você.

Posso falar com seu pai?

Olho para o sofá. Papai ainda está olhando para o mesmo ponto no tapete. *Ele está resolvendo um monte de coisas na cabeça dele neste momento. Mas não quer ler nenhum livro sobre o assunto nem falar com a Sra. Brook ou qualquer outro terapeuta.*

Papai levanta a cabeça. *Quem é?*

Tia Jolee. Acho. Só um minuto. É a tia Jolee?

Isso mesmo! Adivinhou!

É a tia Jolee.

Ele solta um *uff* como se todo o ar tivesse saído de dentro dele quando levanta e estende a mão para o telefone.

Passo para ele.

Ele se encosta na parede. *Oi Jo-Jo.*

Jo-Jo é como papai chama a tia Jolee. É um apelido. Como Scout. Papai é o irmão mais velho da tia Jolee. Como Jem. Como Devon. Como Devon ERA. Papai ainda tem até hoje a impressão manual dela do tempo em que estava no jardim de infância. Está numa moldurazinha azul na parede ao lado da tevê. Ela escreveu PARA HARE porque quando tinha cinco anos não era muito esperta e não sabia escrever direito o nome de papai que é Harry.

Papai faz que não com a cabeça enquanto fala com a tia Jolee. *Eu não tenho como pagar um terapeuta.*

Silêncio.

Que plano de saúde? Eu não tenho plano de saúde.

Silêncio.

Sabe quanto custa uma sessão com um terapeuta?

Silêncio.

Mas até as clínicas cobram alguma coisa a menos que você não ganhe um tostão e eu não vou pedir demissão só para poder ter um terapeuta.

Silêncio.

Sim eu tenho certeza de que faria bem a ela mas pelo menos ela tem a orientadora da escola. Não sei o que mais eu posso fazer.

Silêncio.

Eu sei Jo-Jo. É claro que você não pode deixar as crianças sozinhas. São muito pequenas. Papai está concordando com a cabeça. *Eu também gostaria que você morasse mais perto. Você ainda é a minha melhor... amiga.* Quando ele diz a palavra amiga sai um grito chorado de dentro dele.

Ele desliza pela parede até o chão. Deixa cair a cabeça e tenta cobri-la com a mão que não está segurando o telefone mas dá para ver que a cabeça treme junto com a mão e o telefone. Dá para ouvi-lo fungando também. Então ele respira profundamente e olha para a impressão manual da tia Jolee na parede e diz, *Obrigado.*

124

Tento não escutar o que papai está dizendo porque por ora já senti toda a empatia que podia suportar. A empatia é uma coisa que pode deixar a gente muito triste.

Enfio a cabeça debaixo da almofada do sofá e espio pela fresta o armário de Devon.

Escuto papai dizer *Obrigado* de novo.

Fico olhando para o armário de Devon porque me faz sentir como se um pedacinho dele ainda estivesse aqui. Mesmo sabendo que ele nunca mais vai poder me ensinar a fazer um armário. Que nunca mais vai poder me ensinar nada. Que nunca mais vou vê-lo de novo nem nunca mais vou poder olhar para ele e dizer, *Obrigada.*

Quanto mais olho para o armário mais vou transformando o formato duro do lençol em uma coisa macia. Acho que estou fazendo bicho de pelúcia mesmo sem querer. É fácil quando os olhos da gente já estão embaçados.

CAPÍTULO 21

A SRA. BROOK ESTÁ FORA

O RESTO DA TURMA SAI CORRENDO da sala para o recreio. Eu levanto e vou para a minha hora com a Sra. Brook e resolvo perguntar se papai pode vir falar com ela já que ela não pede plano de saúde. Pelo menos para mim nunca pediu. E ela falou que podia atender papai mesmo ele sendo um adulto.

A Sra. Johnson diz, *Ah Caitlin. Eu já ia me esquecendo. A Sra. Brook não está aqui.*

Eu sei. Ela está na sala dela.

Não. Ela viajou.

Por quê?

A irmã dela está tendo uma gravidez complicada.

Olho Para A Pessoa.

A Sra. Johnson olha para o chão e depois para mim. *Os gêmeos que ainda nem nasceram estão dando muito trabalho para ela.*

Pensei que os bebês só dessem muito trabalho depois que nascem.

Às vezes dão antes e depois. Por isso a Sra. Brook foi ver o que podia fazer para ajudar a irmã. Ela dá um suspiro. *Espero que tudo corra bem.*

Fico pensando no que isso quer dizer. *E se não correrem?*

Eu só quis dizer que espero que os bebês fiquem bem.

E se não ficarem? O que pode dar errado com eles?

Eu tenho certeza de que eles vão ficar bem. A gravidez é só uma fase... complicada.

Como é que ela sabe? *A senhora está grávida?*

O rosto da Sra. Johnson fica cor-de-rosa. *N-não.*

Também não quero estar grávida, digo. *Já tenho problemas demais para Lidar Com Isso.*

A Sra. Johnson me deixa ficar na sala em vez de ir para o recreio. Ela me dá papel para eu poder desenhar. Resolvo fazer um desenho para a Sra. Brook de alguns bichos de pelúcia olhando para o Quadro de Expressões Faciais porque já conheço aquele quadro de cor.

A Sra. Johnson diz que eu deveria escrever uma carta para acompanhar o desenho da Sra. Brook. Dou um suspiro porque eu preferia só desenhar mas a Sra. Johnson Olha Para A Pessoa fixamente por isso escrevo a carta embora leve muito mais jeito para desenhar do que para escrever e a esta altura a Sra. Johnson já deveria saber disso.

Cara Sra. Brook sinto muito pela sua irmã complicada e pelos bebês que ainda estão dentro dela dando muito trabalho. Espero que eles comecem a se comportar para a senhora poder voltar logo. Vou até praticar minha finesse e caminhar direitinho do lado da senhora. E prometo que vou ser sua amiga. Palavra de Escoteira.

Caitlin Ann Smith.

CAPÍTULO 22

DESENHOS

PAPAI ME DIZ QUE NÓS VAMOS A UM evento solitário que organizaram para as famílias das vítimas do massacre. Ele explica que o evento solitário foi organizado pelas pessoas que se importam com a gente e querem nos ajudar e embora eu não goste de eventos mesmo assim nós temos que ir para mostrar que somos gratos pelo que estão fazendo por nós e devemos agir como gente agradecida que está lá porque quer mesmo que não queira porque ninguém tem a obrigação de organizar um evento solitário e mesmo assim eles organizaram um.

Mas eu quero ir, digo para ele, *por isso não precisa ficar inventando desculpas*. Um evento solitário parece ser uma coisa legal.

Ele para de falar. Inclina a cabeça como se não tivesse Captado O Sentido. Não sei por quê.

Que tipo de atividade solitária vai ter lá?

Ele dá de ombros. *Acho que um leilão silencioso e uma rifa e não sei bem o que mais.*

Ah. Essas coisas não parecem lá muito solitárias.

Papai Olha Para A Pessoa. Acho que agora Captou O Sentido.

Você disse solitárias?

Faço que sim com a cabeça. Por que ele está perguntando se já ouviu?

Não é evento soliTÁrio. É soliDÁrio.

E explica o que a palavra quer dizer. Tem a ver com as pessoas tentando se pôr no lugar das outras e sentindo o que elas sentem. Para mim é o mesmo que empatia.

Não quero mais ir, declaro.

Cait-LIN, diz papai em tom de advertência.

Tá bem tá bem.

O evento não solitário e sim solidário é na cantina do Colégio Virginia Dare. Quando descemos do carro diante da porta da cantina papai para e observa o colégio por um momento. Ele pisca várias vezes e engole com tanta força que aquele caroço que ele tem na garganta fica avançando e recuando. Finalmente respira fundo antes de abrir a porta.

O barulho se derrama em cima da gente e o cheiro é de espaguete empastado e a luz me deixa vesga. Quase na mesma hora um monte de corpos nos cobrem como se fôssemos bactérias e eles os glóbulos brancos enviados para nos cercar e destruir. Acho que vou sufocar. Seguro a mão de papai. É uma mão grande e peluda e suada mas Lido Com Isso porque senão vou morrer asfixiada.

Essa é a minha filha Caitlin, diz Papai.

Olá Caitlin, cumprimenta uma voz. *Como vai?*

Fico olhando para o chão. A cabeça de papai desce até o meu rosto. *Lembre-se de Olhar Para A Pessoa e dizer alguma coisa gentil.*

Não Olho Para A Pessoa mas digo a coisa gentil.

Tenho dez anos. Meu aniversário é mês que vem. Minha cor favorita é roxo. Meu game favorito é Mario Kart mas qualquer outro game também serve. Meu vídeo favorito é Bambi só que ultimamente eu não estou gostando muito dele.

Ah... Sei... Que legal, diz a voz, e o corpo se afasta.

Papai diz, *Um pouco menos sobre si mesma da próxima vez.*

Tento dizer a ele que estou sendo prestativa porque estou dando informações sobre o que quero ganhar de aniversário para o caso de as pessoas quererem me dar alguma coisa mas papai já está me apresentando a outra pessoa.

Dessa vez Olho Para O Chapéu que pelo menos chega perto de A Pessoa. O Chapéu é do tamanho de um guarda-chuva e isso me dá uma ideia do que falar.

Quando alguém diz que está chovendo canivetes não está realmente. Só quer dizer que está chovendo muito. É como dizer que está chovendo a cântaros. Mas se alguém disser que está chovendo sapos pode até ser verdade porque às vezes eles são sugados pela tempestade e aí caem pimba no alto da sua cabeça. E também pode chover ácido quando partículas que estão na atmosfera se unem à chuva e...

Papai aperta meu ombro. Isso quer dizer que a conversa acabou.

Outra voz grita *Oi Caitlin!* Então uma mão enorme entra no meu Espaço Pessoal e eu recuo.

Diz olá, ordena papai.

Olá.

Olhe Para A Pessoa, relembra ele.

Continuo de cabeça baixa mas a inclino o bastante para ver uma das orelhas do sujeito.

Papai diz, *Cait-LIN*, em seu tom de advertência.

O que é? Isso é mais perto que O Chapéu!

Diz alguma coisa gentil, fala papai por entre os dentes.

Quando papai fala por entre os dentes ele está falando sério. Ele não vai me deixar ir embora até eu dizer alguma coisa gentil. Tento me concentrar. Fico encarando a orelha. O que posso dizer de gentil? Finalmente percebo e digo. *Não acho você asqueroso só porque tem um monte de pelos saindo da sua orelha.*

Papai me afasta pelos ombros o que significa que a conversa acabou AGORA.

Olho ao redor procurando Michael porque a mãe dele foi assassinada como Devon por isso ele também deve estar no evento não solitário e sim solidário. Sei que agora ele é amigo do Josh e não meu mas não gosto dessa multidão de gente por isso gostaria de pelo menos poder vê-lo. De repente surge um rosto bem na frente do meu e um bafo de café sobe pelas minhas narinas e uma voz diz, *Tem alguém aqui que aposto que você gostaria de conhecer.*

Aposto que ela está errada.

Ela segura minha mão que não está segurando a de papai e eu a arranco.

Vou com vocês, diz papai.

Seguimos Dona Bafo de Café até um cavalete com uma luz em cima e fico olhando para ele.

Viu? Eu sabia que você ia gostar do Sr. Walters.

Não sei quem é nem onde está o Sr. Walters mas gostei muito do cavalete. Tem um desenho de um menino parecendo um personagem de história em quadrinhos. Ele tem um corpo minúsculo e uma cabeça enorme. A boca está sorrindo tanto que as bochechas empurram os cantos dos olhos para cima por isso até os olhos parecem felizes como nas fotos de olhos que a Sra. Brook já me mostrou umas mil vezes.

A mão de um homem aparece e desenha tufos de cabelo espetado na cabeça gigante.

Estou rindo. Acho que não me importo mais que o evento seja solidário e não solitário.

Gostou? pergunta uma voz de homem.

Faço que sim com a cabeça. Normalmente não falo com estranhos mas se ele sabe desenhar desse jeito não pode ser tão estranho assim.

Sou Charlie Walters o professor de artes do ensino fundamental II, diz a voz. *Posso fazer um desenho seu?*

Sou eu que faço meus próprios desenhos, explico para ele.

Eu quis dizer se posso fazer seu retrato.

Não. Por que eu iria querer um retrato de mim mesma?

Seu pai aqui poderia gostar de ter um retrato seu.

Faço que não com a cabeça. *Ele me vê todo dia. Não precisa de um retrato.*

Mas esse retrato é de um tipo diferente. Um tipo que capta a personalidade e a emoção.

Olho Para A Pessoa. Olho para a mão com o lápis. É só um lápis de carvão. Igual ao meu.

Ele dá um risinho. *Não acredita em mim?*

Faço que não com a cabeça.

Vou mostrar para você. Senta ali.

Não. Quero ver o senhor captando a emoção de uma pessoa.

134

Faz o meu retrato, diz papai, sentando num banquinho atrás do cavalete.

Fico observando o personagem de história em quadrinhos passar de uma cabeça de batata para uma cabeça de porco-espinho e depois para uma cabeça de papai. O Sr. Walters coloca primeiro as orelhas na cabeça e depois o nariz e por fim a boca. Ele franze os olhos para papai durante um tempo antes de desenhar os olhos. Ele é muito cuidadoso com os olhos. Vai desenhando por etapas de fora para dentro. Mas não para quando chega à parte de dentro. Ele pega um lápis azul e começa a desenhar um monte de pontinhos e linhas que fazem os olhos parecerem cheios e profundos e reais. E mais outra coisa também. Eles parecem tristes. Presto atenção nos olhos verdadeiros de papai e acho que consigo ver o triste ali também só que para mim é mais fácil ver no retrato. Porque o retrato não pisca nem muda de direção.

O senhor devia fazer o Quadro de Expressões Faciais lá da escola, digo para o Sr. Walters. *Faria um trabalho muito melhor do que o que temos lá no momento.*

Ele balança a cabeça uma vez e sorri. *Muito obrigado.* Depois puxa a folha de papel do cavalete e a entrega para papai e me dá um lápis de carvão. *Gostaria de tentar me desenhar agora?*

Não levo muito jeito para desenhar pessoas. Nem emoções.

Pois eu acho que você tem senso de observação e esse é o primeiro passo.

Olho Para A Pessoa. No fundo dos olhos. Parecem felizes mas não um tipo de feliz que ri por maldade. *O senhor está feliz?*

Estou. Agora vamos ver se você consegue desenhar isso.

Pego o lápis de carvão que ele ainda estende para mim.

O Sr. Walters se levanta e vai até o banquinho e senta de frente para mim.

Papai está parado atrás de mim. *Vai em frente. Desenha o Sr. Walters.*

Mas então não fica me OLHANDO! Não vou conseguir desenhar se você for ficar me olhando.

Tudo bem. Vou dar uma volta por aí e olhar outras coisas. Combinado?

Combinado. Se tiver alguma barraquinha de pescaria me avisa porque os prêmios sempre são bons. E se tiver minhocas de gelatina pega algumas antes que acabem. Por favor.

Fico olhando para a imensa folha em branco na minha frente. Geralmente eu só tenho pedaços pequenos de papel.

Vejo uma mão acenando do lado do cavalete. *Ú-ú! Você tem que olhar para cá.*

Olho para o lado. É o Sr. Walters.

Começa pela parte de fora da cabeça como fiz com o seu pai.

É o que eu faço. Primeiro desenho uma cabeça tipo Senhor Cabeça de Batata. Depois coloco cabelo mas só um pouquinho porque o Sr. Walters não tem muito. O nariz é fácil e as orelhas também. A boca é mais difícil porque geralmente eu olho para a boca da pessoa quando tem palavras saindo dela e no momento não tem nenhuma palavra saindo da boca do Sr. Walters. Está achatada. Mas dá para notar algumas curvas e vincos por isso os coloco.

Fica à vontade para usar os lápis de cor e os creions.

Faço que não com a cabeça. *Eu não uso cores. Meus desenhos são em preto e branco sem nenhuma borração. Desse jeito fica mais fácil de enxergar.* Borração é bom para fazer bicho de pelúcia mas não para desenhar.

O Sr. Walters inclina a cabeça como quem não Captou O Sentido mas eu não quero explicar agora porque estou ocupada desenhando.

Uau, diz uma voz atrás de mim. *Que máximo! Foi você que desenhou?*

Cubro o retrato com os braços antes mesmo de virar a cabeça e ver a Emma da escola.

Deixa eu ver, pede ela.

Não.

Ah deixa! Continua desenhando! Eu só quero olhar!

Não posso desenhar com você olhando, digo para ela.

Por favor!

Não!

Uma mão aperta o ombro de Emma e uma voz de mulher diz, *Vamos dar um espaço para ela e depois voltamos quando ela tiver terminado.*

Emma solta um bufo mas acaba se afastando.

Melhor assim. Mas empaquei com os olhos do meu retrato de um jeito que não consigo sair deles. Fico olhando para o papel.

Você tem que olhar nos meus olhos, diz o Sr. Walters.

Dou um suspiro. *O senhor é parente da Sra. Brook?*

Não. Por quê?

Ela também vive querendo que eu olhe nos olhos dela.

Os olhos são as janelas da alma, diz o Sr. Walters. *Quando você olha dentro dos olhos de alguém pode ver muito sobre a pessoa.*

Olho Para A Pessoa inclusive os olhos. *Sério?*

Ele sorri e balança a cabeça.

Mas tem alguma coisa errada com o sorriso dele. Olho dentro dos seus olhos. Talvez os olhos é que estejam errados. Eles não parecem felizes como as fotos de olhos felizes que a Sra. Brook me mostrou. Talvez o sorriso dele não seja grande o bastante para empurrar os cantos dos olhos para cima como os olhos felizes deveriam ser. *Tem alguma coisa errada*, digo para ele.

Por que diz isso?

Seus olhos não combinam com a sua boca.

Ah, diz ele concordando com a cabeça. *Talvez você seja melhor em matéria de emoções do que pensa.*

Só que eu não sei qual dos dois está certo.

Os dois. Estou sorrindo porque acho que você é uma menina maravilhosa e com um talento enorme. Já meus olhos estão tristes porque estou pensando no que você e seu pai estão passando.

Penso por um momento no que ele quer dizer. *Ah. Por causa de Devon.*

Exatamente. Por causa de Devon. Ele foi meu aluno durante um trimestre. Sinto saudades dele. Todos nós sentimos.

Por que o senhor sente saudades dele? O senhor é professor de artes. Ele nem sabe desenhar.

Todos nós temos paixões diferentes. A dele era se tornar um Escoteiro Águia.

Mas ele não vai poder terminar o armário dele por isso nunca vai chegar a Águia.

Ele faz que sim com a cabeça. *Já ouvi falar nesse armário.* Sua voz está falhando. *É muito difícil.*

Devon diz que se é muito difícil quer dizer apenas que a gente tem que Trabalhar Nisso.

Ele dá de ombros mas está fungando demais para falar.

Talvez o senhor precise encontrar um Desfecho.

Ele Olha Para A Pessoa. *Acho que todos nós precisamos encontrar um Desfecho. Foi uma coisa que abalou a comunidade inteira. Estamos todos tristes.* Os olhos dele ficaram tão tristes agora que estão começando a lacrimejar.

Coloco o lápis na bandeja do cavalete. *Não estou mais com vontade de desenhar.*

Ele levanta depressa do banquinho. *Desculpe. Não tive intenção de deixar você triste.* Ele olha para o papel no cavalete. *Uau. Está fantástico. Não quer tentar fazer os olhos?*

Faço que não com a cabeça. *Acho que ainda não consigo desenhar um rosto completo. Talvez mais tarde.*

Ele puxa o retrato desolhado do cavalete e o estende para mim.

Depois que papai vai dormir entro de fininho no quarto de Devon e colo o Sr. Walters com durex na parede ao lado do desenho que fiz da águia. É o primeiro desenho de um rosto que faço na vida. Mesmo que não tenha olhos.

Capítulo 23

PERDIDO

NA NOITE DE TERÇA ENTRO NA cozinha e encontro papai parado diante da pia.

O que tem para o jantar? pergunto.

Ele se vira depressa com os olhos muito grandes o que acho que quer dizer surpreso. Mas por que ele estaria surpreso se sabe que eu moro aqui?

Que foi? pergunto.

Desculpe. Ele se vira de novo para a pia. *Eu estava meio perdido...*

Você está na cozinha, digo a ele. *Fica perto da sala. Depois vem o corredor que vai dar nos...*

Eu sei Caitlin. Eu quis dizer que estou me sentindo meio perdido. Ele aperta a beirada da pia. *Você vai começar o... ensino fundamental II... no ano que vem.*

Não. Vou começar em agosto. É este ano ainda.

Ele se vira e Olha Para A Pessoa. *Você...* Ele para e põe a mão sobre a boca. Depois torna a tirá-la... *Você se sente à vontade com a ideia de ir para aquela escola?*

Virginia Dare?

Ele prende a respiração quando digo o nome.

A escola de Devon?

Ele fecha os olhos.

Dou de ombros. *Acho que sim. No fundamental II não tem recreio e eu não gosto mesmo de recreio.*

Papai abre os olhos mas ainda está olhando para o ar. *Se eu tivesse condições de pagar uma escola particular para você eu pagaria.*

As pessoas falam das escolas particulares mas eu não sei exatamente o que são. Então pergunto. *Particular quer dizer que eu seria a única aluna da escola? Porque eu adoraria isso.*

Não. Claro que não.

Então é uma escola igual às outras?

Praticamente.

Faço que não com a cabeça. *Então não quero uma escola particular. A comum está muito bem para mim.*

Ele balança a cabeça e solta um longo suspiro. *Está certo.*

CAPÍTULO 24

ACHADO

NÃO CONSEGUI HORA COM A SRA. Brook porque ela ainda está visitando a irmã complicada.

Em vez disso vou para o recreio com o resto da minha turma e falto ao recreio dos menores. Já perdi mesmo meu amigo no recreio dos menores por isso não me importo. O que eu não aguento é passar pela sala de Michael no corredor voltando do recreio e ver Josh dando um toca aqui na palma da mão dele. Não olho para

Michael mas ele diz, *OI CAITLIN!* apesar do Não Fale Nos Corredores Da Escola e com o canto do olho vejo quando ele faz para mim nossa saudação especial só que eu já não a acho mais tão especial assim por isso não aceno de volta.

Minha turma vai para o laboratório de informática. A Sra. Johnson diz que temos tempo livre e que podemos pesquisar qualquer assunto que quisermos estudar melhor desde que não sejam games de computador. Eu leio sobre os Escoteiros Águia e os projetos dos Escoteiros Águia. Nenhum deles é tão bom quanto o armário de Devon. Menos pelo fato de terem ficado prontos.

Começa a me dar aquela sensação de recreio no estômago e eu tento não pensar no projeto de Escoteiro Águia que nunca chegou a existir. Começo a fazer bicho de pelúcia com a tela do computador e a janela na parede atrás e eles vão virando uma grande mancha cinzenta até escutar a voz da Sra. Johnson no meu ouvido dizendo que ainda temos três minutos e que se quisermos pesquisar uma última coisa tem que ser agora.

De repente eu me lembro que deveria estar pesquisando Desfecho porque pode ser que exista até mesmo uma definição melhor que a do meu Dicionário por isso procuro e encontro o seguinte:

— o ato de dar um fim a; uma conclusão.
— exemplo: *O projeto finalmente teve um desfecho.*

Vejo o projeto de Escoteiro Águia de Devon na minha cabeça e penso no quanto ele queria terminá-lo e se tornar um Escoteiro Águia. E como ele ia me ensinar a trabalhar com madeira também. E então começo a agitar as mãos depressa e a sentir o Coração batendo nos ouvidos e fica difícil respirar e escuto gemidos e devo ser eu mesma porque a Sra. Johnson pergunta, *Caitlin você está bem?* E então eu me escuto gritar para o mundo inteiro enquanto penso na minha cabeça, *Agora eu sei como chegar à conclusão emocional de uma situação de vida difícil!* e a Sra. Johnson aperta meus ombros e eu nem me importo e ela grita, *O que foi? O que foi?* e eu grito alto o bastante para Devon me ouvir no Céu, *EU CAPTEI O SENTIDO! EU CAPTEI O SENTIDO! EU CAPTEI O SENTIDO! EU CAPTEI O SENTIDO!*

CAPÍTULO 25

DOBRADIÇAS

QUANDO PAPAI VEM ME BUSCAR MAIS cedo na escola ele já vai logo querendo saber sobre o meu PIB mas eu falo para ele, *A gente precisa ir à casa de ferragens!*

O quê?

Imediatamente!

Mas o que é que está havendo Caitlin?

Desfecho! Dirige depressa!

A voz dele continua falando mas eu estou ocupada demais pulando no assento traseiro para ouvir as palavras.

Entro correndo na casa de ferragens Lowe's e fico de um lado para o outro pelos corredores com papai me catando e dizendo, *Caitlin Caitlin! Perdão senhora! Desculpe! Caitlin! Com licença!* até que encontro o lugar com as dobradiças e fico ofegante de excitação e agito as mãos para papai andar logo e ele fica ofegante também e diz, *CAIT-LIN!*, mas eu digo, *Quais?* enquanto vou chocalhando as caixas de dobradiças de tamanhos diferentes.

Ele ainda está ofegante mas não diz nada imediatamente até que pergunta, *Do que é que você está falando?*

DAS DOBRADIÇAS! De quais a gente precisa?

Ele inclina a cabeça. *Para quê?*

PARA O ARMÁRIO! Será possível que ele não Capte O Sentido?

Armário?

O ARMÁRIO DE DEVON! O PROJETO DE ESCOTEIRO ÁGUIA DELE!

Os ombros de papai despencam e sua cabeça cai. Ele põe uma mão na testa e fecha os olhos.

Posso ajudar senhor? pergunta um homem de avental vermelho.

Olho para papai. Ele não está ajudando por isso digo, *Pode*, mesmo não gostando de falar com estranhos. *A gente precisa de dobradiças para o armário.*

Que tipo de dobradiças?

Olho Para A Pessoa. *Você também não está ajudando.*

Ele olha para papai.

147

Nós não precisamos das dobradiças hoje, diz papai em voz baixa.

Por que não? pergunto.

Não estou pronto para trabalhar no armário.

Eu estou.

Nós precisamos conversar sobre isso antes.

Tudo bem. Pode conversar.

Em casa.

Mas aí a gente vai ter que voltar aqui depois.

Mais tarde, diz ele.

Que horas?

Não sei.

Não dá para a gente conversar sobre isso no carro e depois entrar de novo?

Ele se vira e sai andando pelo corredor passando por gente que olha para ele e depois para mim. Quando chega no final do corredor e vira à direita e desaparece fico sozinha com todos aqueles estranhos me encarando. Começo a chorar e corro pelo corredor gritando por papai e embora o encontre vou chorando pelo caminho todo até o carro e pelo caminho todo até em casa e por muito tempo no meu esconderijo no quarto de Devon enrolada na minha manta roxa porque papai falou que não está interessado em trabalhar no armário e que é para eu não pedir de novo tão cedo.

CAPÍTULO 26

ESCOTEIRO ÁGUIA

RECEBO UM TELEFONEMA ESPECIAL na escola. Da Sra. Brook. Tenho que ir até a secretaria e falar no telefone que fica no balcão. A Sra. Brook diz que quer apenas conversar comigo e saber como estou passando porque ela vai continuar fora por mais alguns dias.

Conto a ela sobre como finalmente encontrei o Desfecho mas papai não quer colaborar mesmo eu sabendo como podemos chegar lá.

Ela diz que preciso ser paciente e continuar tentando. *Às vezes as coisas não dão certo da primeira vez mas no fim acabam dando.*

Como a finesse?

Exatamente.

E fazer amigos?

Também.

Até para mim?

Sem dúvida alguma. Eu tenho confiança em você. Você só precisa continuar tentando.

Josh está entrando na secretaria no momento em que desligo o telefone.

Ele vira a cabeça para mim e sussurra, *Perdedora.*

Eu sei, digo para ele, *mas vou continuar tentando.*

Ele abana a cabeça e solta um resmungo.

Acho que ele não acredita que eu vou Captar O Sentido e às vezes nem eu mesma tenho certeza mas a Sra. Brook está confiante por isso vou continuar trabalhando na minha finesse.

Horas mais tarde vejo Michael no corredor. Não vou estar com ele no recreio porque enquanto a Sra. Brook está fora meu esquema é voltar a frequentar só o primeiro recreio. Embora ele não seja mais meu amigo não deixo de dizer, *Achei o Desfecho mas ainda tenho que Trabalhar Nisso.*

Eu tinha que contar para ele. Eu prometi. Palavra de Escoteira.

Ele me olha de um jeito engraçado e eu chego à conclusão de que seja lá como for ele não quer mais ser meu amigo.

Pego uma blusa branca no meu guarda-roupa e desenho uma águia nela com um pilô. Estou torcendo para que papai lembre que Devon me chamava de Scout e junte os dois na cabeça dele assim:

ÁGUIA + SCOUT

E aí ele vai pensar no projeto de Escoteiro Águia de Devon e a gente vai poder trabalhar nele juntos.
Só que ele não nota.
Fico passando de um lado para o outro na frente do sofá.
Finalmente ele pergunta, *Está precisando ir ao banheiro?*
Não, respondo. *Gostou da minha blusa?*
Hum-hum.
Dou um suspiro. *É ESCOTEIRO ÁGUIA. Captou O Sentido?*
Papai inclina a cabeça.
É o desenho de uma águia e eu sou a Scout.
Ah.
E aí já está pronto para trabalhar no armário?
Ele faz que não com a cabeça.

Papai. A gente precisa terminar o armário.
Ele faz que não com a cabeça de novo.
Por que não?
Nós nem temos toda a madeira necessária.
A gente pode comprar ué.
É madeira especial.
Muito especial?
É um armário estilo Missão.
E o que isso quer dizer?
É um estilo de mobiliário que exige madeira de carvalho quarter-cut. Além de ser cara é difícil de manusear.
Mas eu posso ajudar. Pode ser um trabalho de grupo. A Sra. Brook disse que eu preciso praticar em trabalhos de grupo por isso o nosso vai ser perfeito.
Papai sai da sala.

Fico pensando na tal madeira de carvalho quarter-cut que ainda não sei direito o que é. Eu sei o que é um carvalho. Nós temos um carvalho no quintal. E sei o que é um *quarter*. Um *quarter* é uma moeda de vinte e cinco centavos. Eu tenho quarenta e sete dessas moedas presas como ímã no meu Mapa das Moedas dos Estados porque Illinois e Flórida e Iowa caíram e devem estar em algum lugar debaixo da cama. E eu sei o que quer dizer *cut*, cortar. Procuro quarter-cut no meu Dicionário mas não encontro nenhuma definição.

Acho que vou ter que deduzir por mim mesma. Madeira de carvalho quarter-cut é um pedaço de carvalho que você corta com uma moeda de vinte e cinco centavos.

Agora tenho quarenta e seis moedas no meu Mapa das Moedas dos Estados porque a Virgínia vai ter que sair para cortar o carvalho.

CAPÍTULO 27

MISSÃO

A ÚNICA COISA QUE POSSO DIZER É que vou levar a vida inteira para tirar madeira daquele carvalho com a minha moeda da Virgínia. Segunda-feira tem aula por isso do domingo para a segunda passei seis horas e treze minutos cortando aquela porcaria de árvore. Nunca vou conseguir tirar um pedaço inteiro de madeira dali. Fora o fato de que meus dedos estão em carne viva de ficar arranhando aquela casca encaroçada e estão doendo.

A Sra. Brook já voltou da visita que foi fazer para a irmã complicada e os bebês que finalmente nasceram. Faz tanto tempo que a gente não se vê que quando entro na sala dela levanto a mão e aceno para dizer oi.

Ela dá um grito. Não é a reação que eu estava esperando. Ela deveria dizer alguma coisa tipo *Senti saudades* ou *Que bom ver você de novo.* É isso que normalmente as professoras dizem.

Caitlin, diz a Sra. Brook, *por que você está com esses cortes nos dedos?* A voz dela está alta e tremida. *Que foi que você andou fazendo?*

Cortando.

O quê? A pergunta sai num grito. A mão dela cobre a boca. *Por quê?* As palavras agora saem num gemido choroso abafado.

Eu preciso da madeira.

A mão dela cai e ela inclina a cabeça. *Como assim?*

Para o Desfecho.

Dá para explicar do começo?

Dá. Só que é uma longa história e eu prefiro não fazer isso.

O que eu quis dizer foi por favor comece a explicar já. A voz dela está começando a tremer de novo.

Então tá. Pois bem. Papai não quer trabalhar no armário e toda vez que eu peço para a gente trabalhar nele porque eu estou tentando chegar ao Desfecho ele diz que não dá porque a gente precisa de mais madeira mas que tem que ser madeira de carvalho quarter-cut e papai diz que é muito difícil de conseguir mas a gente tem um carvalho e eu tenho um monte de quarters então fiquei trabalhando um tempão para tentar cortar um pedaço de madeira.

Ah Caitlin! Pobrezinha! Ela cobre a boca de novo. *Vejo que você trabalhou duro!*

Foi. Papai tem razão quando diz que é dureza. Agora eu Captei O Sentido.

Bem, diz ela, *não sei exatamente o que é madeira de carvalho quarter-cut mas uma coisa eu posso lhe garantir: não é madeira de carvalho cortada com um* quarter.

Ah. Então acho que eu não Captei O Sentido.

Vou ligar para o seu pai.

Para quê?

Quero perguntar a ele o que significa madeira de carvalho quarter-cut e contar o quanto você se esforçou para consegui-la.

Agora olha só que engraçado. Quarter-cut é o jeito como o carvalho é serrado em tábuas para móveis no estilo Missão como o armário de Devon. Eu gostaria que papai me explicasse essas coisas. Tornaria a vida muito mais fácil.

CAPÍTULO 28

BOM E FORTE E BONITO

VOCÊ DEU UM SUSTO NA SRA. BROOK, diz papai.

 O quê?

 Ela ficou muito chocada quando viu seus dedos esfolados desse jeito.

 Eu fiquei mais chocada ainda. Os dedos são meus.

 Eu... entendo que você estava tentando conseguir madeira para o armário.

 Estava e agora eu Captei O Sentido. Você tinha razão. Não é fácil mesmo.

Ele suspira e pela primeira vez olha para o armário coberto pelo lençol no canto e eu sinto vontade de começar a agitar as mãos mas sei que isso não deixa papai satisfeito por isso sento em cima delas. Minha garganta está doendo e tem dois recreios rolando no meu estômago mas eu digo, Papai. *Eu quero terminar o armário.*

Eu sei, diz ele. Mas não diz que vai.

Eu quero chegar ao Desfecho. As coisas estão começando a virar um borrão.

Eu sei, repete ele numa voz ainda mais baixa.

E você precisa chegar ao Desfecho também.

Dessa vez ele nem mesmo diz eu sei mas balança a cabeça.

Fico pensando no que Devon diria. *Você tem que Trabalhar Nisso papai. Precisa tentar mesmo que seja difícil e mesmo que você pense que nunca vai conseguir e tenha vontade de gritar e de se esconder e de agitar as mãos sem parar.*

Papai enxuga os olhos e eu também porque os meus estão embaçados e por algum motivo acho que neste momento enxergar é muito importante. O que eu vejo é que o corpo dele está tremendo o que quer dizer que ele está chorando e pouco depois sua voz começa a sair nuns soluços estranhos como se ele estivesse rindo de um jeito esquisito ou vomitando só que não tem nada saindo da sua boca. Finalmente ele cobre o rosto com as mãos e para de fazer esses barulhos e seu corpo para de tremer e então depois de fungar duas vezes tira as mãos do rosto e vira a cabeça para mim.

Onde foi que você aprendeu a ser tão inteligente?

Dou de ombros. *Eu estou me esforçando muito com a finesse.*

Então ele segura minhas mãos nas dele e eu nem as tiro porque ele está olhando para os meus cortes com atenção e eu sentiria vontade de fazer a mesma coisa se visse cortes nas mãos de outra pessoa por isso deixo que ele olhe.

Você ainda quer mesmo fazer isso?

Não sei se ele está falando de continuar cortando o carvalho ou de trabalhar no armário mas digo, *Quero*, para o caso de ele estar falando do armário.

Acha que vai funcionar como um Desfecho para nós?

Abano a cabeça. *Eu não acho. Eu sei que vai.*

Ele sopra um pouco de ar pelo nariz e concorda com a cabeça. Solta as minhas mãos e dá mais um suspiro longo. *Talvez a gente possa fazer disso uma coisa boa e forte e bonita.*

Boa e forte e bonita. Gostei dessas palavras. Parecem com Devon. Quero construir uma coisa boa e forte e bonita.

Tudo bem, diz papai. *Vamos fazer.*

YES! eu grito. *YES PAPAI! YES POR MIM! YES POR DEVON! VAMOS COMEÇAR AGORA!*

Papai levanta os braços como se estivesse sendo preso. *OK. OK.* Isso quer dizer silêncio.

Quando a gente pode começar? sussurro.

Primeiro você precisa aprender o básico sobre trabalho em madeira. Nós temos alguns livros...

Eu já li! grito porque esqueço de sussurrar.

Ah já?

Já. Você atirou os livros no quarto de Devon. Lembra?

Ele faz que sim. *Tudo bem. Mesmo assim você vai precisar de um aprendizado prático. Só mesmo fazendo e sentindo como é que você pode de fato Pegar O Espírito Da Coisa.*

Ah. Tudo bem. Eu quero de fato Pegar O Espírito Da Coisa.

Tudo bem mas agora está na hora de dormir e nós precisamos de uma boa noite de sono antes de pormos mãos à obra. Podemos começar amanhã.

Assim que a gente acordar?

Primeiro nós precisamos comprar o material.

Na Lowe's?

Ele faz que sim.

Eles abrem às sete da manhã lembra? Quando você e Devon estavam trabalhando no armário nos fins de semana vocês acordavam cedo e...

Eu sei.

A gente precisa sair às seis e quarenta para chegar lá a tempo de conseguir uma vaga bem na frente da porta e poder ser os primeiros da fila tá bem?

Ele suspira. *Tá.*

Você quer que eu te acorde?

Não. Eu acordo sozinho.

Tem certeza?

Eu não acordo na hora toda manhã?

Acorda sim. Mas o que isso tem a ver com amanhã de manhã?

Eu vou acordar. Não se preocupe.

Tá mas eu te acordo se você não tiver levantado até as seis porque assim você tem tempo de tomar banho.

Depois de me deitar decido que é melhor tirar o lençol de cima do armário para lembrar papai que a gente tem que trabalhar nele mas acabo tendo que esperar um tempão porque papai fica horas sentado no sofá só olhando para o lençol. Quando ele vai dormir eu levanto e vou para a sala e descubro o armário e sorrio para todas as suas partes porque nós vamos finalmente ter um Desfecho.

E escondo o lençol dentro da minha manta roxa e a enfio debaixo da cama bem lá no fundo onde papai não vai conseguir encontrá-lo se mudar de ideia.

CAPÍTULO 29

RECONSTRUINDO A NOSSA VIDA

EU MOSTRO PARA PAPAI A LISTA DE Devon e ele concorda com a cabeça. Vamos à Lowe's e compramos quase todos os materiais da lista inclusive a madeira de carvalho quartercut. Também compramos itens que não estão na lista. Tipo vedante de madeira.

Antes de poder acrescentar qualquer coisa ao armário papai vai ter que colocar vedante nos buracos que ele deixou abertos quando arrancou os parafusos e atirou o armário no chão no Dia Em Que A Nossa Vida Desmoronou. Ele também vai ter que serrar fora algumas partes que destruiu quando chutou o armário no Dia Em Que A Nossa Vida Desmoronou. Fico pensando nessas palavras que não tenho falado muito nos últimos tempos. Eu acho que talvez hoje seja o dia em que vamos começar a reconstruir a nossa vida.

Papai leva muito tempo para consertar as partes que ele quebrou. Ele torce a cara toda e solta uns gemidos assim como se estivesse doendo nele tanto quanto no armário. Chega até a dizer, *Que dureza* e *Que dificuldade*.

Eu sei, digo depois de ele dizer *Que dureza* pela terceira vez. *É isso que acontece quando a gente dá um PIB. A gente se embanana toda. Mas tudo bem. Basta se esforçar mais da próxima vez.*

Eu estou me esforçando, diz papai.

Eu sei. Ganhou um adesivo.

Obrigado.

Não há de quê. E ganhou mais um por ser bem-educado.

Obrigado. Os lábios dele se apertam e quase parece um sorriso. Eu tinha até esquecido que antes papai sorria. Fico pensando se o Desfecho vai fazê-lo sorrir.

Depois de um tempo papai senta no sofá e liga a tevê no telejornal da Fox.

Você não desistiu desistiu? pergunto.

Não. Só estou meio embatucado. E quero assistir ao jornal.

Eu não gosto do jornal.

Só vou assistir um pouco.

Não tem nenhum outro jeito de você desembatucar?

Você podia ir buscar um daqueles livros de marcenaria para mim. O que tem a palavra Missão no título. Preciso dar uma olhada nele.

Tá. Corro para o quarto de Devon. Encontro o livro sobre o estilo Missão e já estou quase saindo quando então olho de novo para o quarto. O sol brilha por trás da persiana azul de Devon e eu volto para levantar a persiana e então o sol se derrama e deixa o quarto quente e brilhante e eu vejo partículas de poeira nos raios de sol que talvez sejam partes de Devon ou talvez não mas deixam o quarto dele alegre de novo.

Caitlin! Cadê o livro?

Já vai! respondo. Mas primeiro faço uma coisa importante. Deixo a porta de Devon aberta.

Quando volto para a sala a moça do jornal está falando do atirador do Colégio Virginia Dare. *Ele estava obviamente perturbado,* diz ela, *assim como os rapazes envolvidos no episódio de hoje na escola em Maryland. Devo advertir que o vídeo do ocorrido que exibiremos em seguida contém cenas muito contundentes.*

Papai pega o controle remoto e desliga a tevê.

Ficamos sentados no sofá e nenhum de nós dois se mexe.

Abraço o livro sobre o estilo Missão mas não é como o meu Dicionário. Ele não tira a sensação de recreio do estômago.

Eu preferia estar debaixo da almofada do sofá a estar em cima mas estou paralisada no assento.

Nós dois ficamos olhando para o armário no canto. Papai suspira.

Não tem nenhuma cara de Perturbado no Quadro de Expressões Faciais por isso não sei exatamente como é. Mas sei que não é boa. É o tipo da cara que deixa a gente com uma sensação ruim porque eu achei que tudo ia ficar bem agora que estamos trabalhando no armário. Mas ainda não ficou.

CAPÍTULO 30

AMIGOS

TUDO BEM, DIGO PARA A SRA. BROOK, *o logo logo chegou. Estou pronta.*

Para quê?

Ela não Captou O Sentido. *Aquele lance da amizade. Chegou a hora.*

Ah Caitlin! A Sra. Brook bate palmas. *Fico tão feliz de ouvir isso! O que fez você mudar de ideia?*

Papai está trabalhando no armário. E está sendo bem difícil para ele. Ele realmente está tendo que

Trabalhar Nisso. E se ele consegue então acho que eu também consigo. E além disso... talvez realmente me ajude a chegar ao Desfecho. O armário sozinho não está resolvendo o problema.

Estou tão orgulhosa de você!

Eu sei.

Acho que você vai gostar muito disso.

Faço que não. *Acho que eu não vou gostar nada disso. Acho que vai doer. Mas talvez depois da dor eu consiga fazer uma coisa boa e forte e bonita de tudo isso.* Que nem papai falou do armário.

A Sra. Brook dá um sorriso tão largo que surgem duas fileiras de covinhas no seu rosto. As bochechas ficam estufadas e os olhos se espremem e sai água deles e o rosto fica meio parecido com uma esponja.

Na sessão de leitura para os menores já consigo ler para minha companheira sem assustá-la. Leio em voz baixa. E sorrio. De vez em quando. Acho que é um bom começo.

Faço a saudação para Michael que está do outro lado da biblioteca. Acho que o sorriso dele é ainda maior do que quando Josh dá um toca aqui na palma da mão dele o que me deixa superfeliz por ver como eu levo jeito para fazer amigos.

Na cantina resolvo sentar perto da Laura que é muito bonita e muito popular. Acho que ela devia ser minha amiga.
O que é que você está fazendo? pergunta Laura.
Sentando perto de você.
Por quê?
Porque quero que você seja minha amiga.
Laura olha para as meninas em volta dela. Todas ficam dando risinhos e segurando as bandejas mas não sentam. Essas são as meninas que geralmente sentam na mesa da Laura.
Podem sentar, digo para elas.
Elas olham umas para as outras e riem ou reviram os olhos.
Você está sentada no lugar da Anna, diz Laura.
Ah, digo. É muito gentil da parte dela me avisar porque sinceramente eu não lembro onde cada uma delas senta. Dou uma mordida no meu queijo-quente.
Portanto cai fora, diz Laura. Os olhos dela estão ficando apertados.
Olho Para A Pessoa. *Onde você quer que eu sente?*
Em qualquer outra mesa.
Levanto minha bandeja e vou para a mesa onde normalmente sento. Tudo bem. Não deu certo. Posso tentar com outra pessoa. Mas primeiro vou comer meu sanduíche porque estou com fome.

Quando termino as duas metades presto atenção na Mia que está sentada na mesa seguinte. Ela não é nem tão bonita nem tão popular quanto a Laura mas ainda assim poderia ser uma boa amiga.

Vou até ela e digo *Oi*.

Aí eu volto para a minha mesa e bebo o suco da caixinha.

Quando termino volto e digo *Como vai?* para Mia porque é isso que manda a boa educação.

Beeem, diz ela devagar.

Volto para minha mesa e sento. Aí percebo que talvez ela não esteja bem porque o bem dela foi meio esquisito.

Volto até ela. *Oi*.

Ela me encara. Junto com Emma e outras meninas que estão com ela. *Que é que você quer?* pergunta Mia.

Quero que você seja minha amiga.

Tipo assim só por hoje?

Não. Para sempre.

Mas eu… eu nem te conheço direito.

Não tem problema. Eu posso te dizer tudo que você precisa saber.

Hum… Sinceramente eu prefiro ser deixada em paz. Mia começa a dar risadinhas.

Emma faz uma cara zangada para ela. *Mi-a!* diz no mesmo tom de advertência de papai.

Mas eu ainda posso Trabalhar Nisso de ser uma boa amiga porque durante o lanche inteiro um monte de gente fica indo lá incomodar a Mia. E cada vez que isso acontece eu vou lá e digo, *Deixa a Mia em paz. Ela quer ficar sozinha hoje.*

Mia fica furiosa cada vez que eu tenho que dizer isso. Já eu não fico furiosa. Sou uma pessoa prestativa. E uma boa amiga.

De repente Mia começa a gritar comigo e eu levo um susto tão grande que nem consigo entender o que ela diz.

Emma entra no meu Espaço Pessoal. *Caitlin. Hum. Olha só. Você está incomodando a Mia. Você tem que parar de ficar dizendo para as pessoas deixarem ela em paz.*

Mas ela quer ser deixada em paz. Ela mesma disse isso. Eu só estou AJUDANDO.

Emma suspira. *Você não está entendendo. A Mia não quer realmente que todo mundo deixe ela em paz.*

Então por que ela disse isso?

Acho que ela não queria magoar você.

E por que isso me magoaria?

Emma suspira de novo. *Ela quer que VOCÊ deixe ela em paz. Só você.*

Por quê?

Emma olha para o chão. *Bom... porque... ela acha que você é... diferente.*

Acho que é a Emma que não Captou O Sentido.

Durante a aula de música Rachel vomita e Emma vai com ela para a enfermaria. A professora está ocupada tentando arranjar alguém para limpar o vômito e todo mundo está dizendo, *Eca! Urgh!* daí aproveito e vou até a Mia e pergunto, *Por que você quer que eu te deixe em paz?*

Mia e as outras meninas em volta dela começam a dar risadinhas. *Tudo bem. Hum. Porque você é... especial.*

Obrigada, respondo.

Mais risadinhas.

Eu quis dizer, explica Mia, *que você é daquele tipo de especial que é meio esquisito.*

Esquisito?

Mia cruza os braços e dá um suspiro ALTO. *Seu comportamento entende?*

Como assim? pergunto.

Ela revira os olhos. *Seu comportamento é... bem... perturbador.*

Perturbador? Meu comportamento é perturbador? O comportamento daquele garoto que deu os tiros é que foi perturbador. Começo a agitar as mãos porque essa palavra me dá muito medo e eu mal posso respirar.

Ela olha para as minhas mãos que estão tremendo cada vez mais depressa. *Isso mesmo. Perturbador.*

Eu NÃO SOU perturbadora!

Você está perturbando a gente neste exato momento, diz uma das meninas. As outras começam a rir.

Gente, gente! diz uma outra menina. *Parem com isso! Parem de rir! Ela é autista. Como o William H.*

Minhas mãos agora estão tremendo muito depressa. *Eu NÃO SOU autista!*

Algumas meninas riem.
William não sabe falar. Vocês não estão ME OUVINDO FALAR?
Tudo bem mas...
William come TERRA e GRITA quando se zanga! EU NÃO SOU AUTISTA! Estou respirando com força e sentindo vontade de sair da minha pele mas trinco os dentes e agito as mãos com mais força e me viro e fujo dali e escuto gritos mas não sei se é a aula de música ou Mia ou eu.

Estou sentada na sala da Sra. Brook olhando para a mesa. *Achei que especial era bom*, murmuro.
Todos nós somos especiais de maneiras diferentes, diz ela. *Especial É bom.*
Não quando é perturbador. Por que outro motivo ela me chamaria de perturbadora? E sabe do que mais? Ela me perturba!
Posso sentir a Sra. Brook fazendo que sim com a cabeça mesmo sem Olhar Para A Pessoa.
Além disso, digo a ela, *eu NÃO SOU autista. William H. é que é autista.*
Caitlin, diz ela, *você sabia que William joga futebol muito bem? E que sabe tocar piano? E que ele é meu amigo?*
Não. Eu sabia que ele tem hora com a Sra. Brook mas não que eles eram amigos.

Eu gosto muito do William, diz a Sra. Brook. *E não sei tocar uma nota no piano nem jogar futebol. Todos nós temos talentos diferentes...*

Eu sei, digo.

Mas a Sra. Brook fala por cima das minhas palavras... *e só porque nós somos melhores em algumas coisas do que William isso não quer dizer que sejamos melhores do que ele.*

Eu não disse isso.

Mas parece que foi o que quis dizer.

Balanço a cabeça e suspiro. *E foi mesmo.*

Você entende que não é justo que...

Entendo, digo. É minha vez de passar por cima das palavras dela. *Eu Captei O Sentido. William H. até se lembra de sorrir muito mais do que eu ou seja ele é melhor do que eu em várias coisas.* Suspiro de novo. *Mesmo assim eu não sou como ele. Não exatamente.* Olho Para A Pessoa. *Sou?*

Todos nós estamos em algum ponto do espectro de comportamento. Ela põe as mãos em beiras opostas da mesa. *O espectro é isso. É uma linha e todos estamos nela. Alguns de nós estão mais avançados nesta linha do que outros.*

Eu aprendi na aula de artes que o espectro são todas as cores do arco-íris. É mais como um prisma do que uma linha. Ou talvez uma linha grossa com um monte de cores. Não gosto do jeito como as cores se fundem num borrão na arte. Como é que a gente vai saber onde acaba uma e começa a outra? Eu tenho que saber exatamente onde estou no espaço. É por isso que só desenho em preto e branco.

A Sra. Brook levanta uma das mãos e corre o dedo quase até a beira da mesa. *Você está mais ou menos aqui. Um alto desempenho. Uma grande inteligência. Uma grande capacidade.*

William H. está na outra ponta, digo.

William está mais atrás na linha. Isso mesmo.

Seguro as beiras da mesa como a Sra. Brook e fico olhando para o tampo com os olhos franzidos e pensando que ponto EXATAMENTE sou eu. Não quero esbarrar em ninguém. Nunca se sabe o que poderia acontecer.

Está se sentindo melhor agora Caitlin?

Acho que vou pular o lance da amizade.

Você deveria ficar muito orgulhosa de si mesma por se esforçar tanto hoje. Não se esqueça de que todo mundo pode fazer amigos. Ela ainda está segurando as beiras da mesa. *E obviamente precisamos trabalhar as habilidades relacionais da quinta série como um todo. Essas meninas estão precisando ser educadas.*

E também aprender um pouco de finesse, digo.

A Sra. Brook concorda com a cabeça. *É verdade. E aprimorar as habilidades relacionais.*

Eu sei. Desse jeito elas nunca vão fazer amigos.

CAPÍTULO 31

É COISA DE MULHER

DEPOIS DO RECREIO A MATÉRIA QUE mais detesto é Educação Física. O recreio eu detesto porque fica todo mundo gritando e correndo de um lado para o outro feito um bando de doidos e agarrando daqui e empurrando dali e a gente não tem a menor ideia do que vai acontecer em seguida. Pelo menos na aula de Educação Física tem um professor ou seja a gente sabe o que vai acontecer em seguida embora geralmente tenha a ver com gritos e agarração e correria de um lado para o outro feito um bando de doidos.

Turma! berra o Sr. Mason. Ele sempre berra. Professores de Educação Física são assim. *Meninos! JoshNelson-BruceShaneJoey! Vamos parar com essa baderna já já se não quiserem ganhar uma passagem especial só de ida para a sala da Srta. Harper!*

Não entendi por que eles deveriam ganhar uma passagem especial para a sala da diretora. Eu estou me comportando direitinho e não ganhei nenhuma passagem grátis.

Só mesmo separando vocês! Josh-Josh! Você e Nelson daquele lado do ginásio e o resto dos baderneiros do lado de cá! Shane e Bruce! Tomem conta de William H. A Acompanhante dele não veio hoje. Fiquem de olho para ele não fugir assim que eu der as costas!

A gente pode ter jogo livre hoje? pergunta um garoto.

Vai sonhando, diz o Sr. Mason. Não entendi o que ele quis dizer com isso.

Vamos jogar queimado! berra ele e eu começo a chupar o punho da blusa. Queimado já é bastante ruim mas espero que ele não tente obrigar a gente a botar aqueles coletes de treino. Tenho horror a sentir aquilo em cima de mim. Eles me lembram ostras e eu tenho nojo daquela gosma melequenta que tem dentro.

Ele vai até o armário e tira um caixote de papelão com os coletes e agora eu estou chupando os dois punhos da blusa ao mesmo tempo. Ele agarra William H.

que está tentando escapulir pela porta. *Shane e Bruce! O que foi que eu acabei de dizer para vocês? Fiquem de olho em William H.! O resto da turma... todo mundo de colete! E andem logo! William H. adora queimado portanto quanto antes o jogo começar melhor!* O Sr. Mason começa a atirar coletes amarelos e vermelhos para os alunos ao redor.

Um colete amarelo cai aos meus pés e fico olhando para ele.

Vamos lá Caitlin! Pega!

Fico olhando para ele.

Qual é o problema!

Não gosto de ostras.

Nem eu! Bota o colete!

Sr. Mason! grita Shane. *Não consigo segurar William H.!*

O Sr. Mason solta um palavrão e vai lá agarrar William H. *Vamos logo com isso... quero ver todo mundo pronto!* Ele olha para mim. *Caitlin! O colete!*

Mas eu não gosto de ostras.

E o que isso tem a ver com as calças?

O quê? Por que ele está falando de calças?

Ah pelo amor de... Por que é que mandam todos os autistas para mim?

Algumas crianças riem. Não sei bem quem são todos esses autistas. Pensei que William H. fosse o único.

Algumas meninas estão cochichando perto de mim. Vou logo me preparando porque quando um grupinho de meninas cochicha isso geralmente quer dizer que uma delas vai dar um gritinho ou um gritão por isso preciso estar preparada. Emma é uma das meninas e costuma falar bem alto a maior parte do tempo.

Não é diferente dessa vez. Ela diz para o Sr. Mason, *Algumas de nós precisamos ver a Sra. Brook.*

Por quê? pergunta o Sr. Mason.

É o que eu estou imaginando. Nunca soube que ela costumasse ver a Sra. Brook.

As outras meninas também estão olhando para ela. Finalmente ela responde, *É coisa de mulher.*

O rosto do Sr. Mason fica vermelho e ele faz que sim.

Preciso me lembrar desse comentário.

Emma olha para mim e depois para o Sr. Mason e depois para mim de novo. *Acho que você devia vir com a gente.*

Sigo Emma e mais duas outras meninas pelo corredor até a sala da Sra. Brook. Emma está se queixando do Sr. Mason em voz alta dizendo *Isso foi MUITO errado* apesar do Não Converse Nos Corredores. Tento lembrar isso a ela mas a voz de Emma toma todo o espaço. Quando ela crescer devia ser uma daquelas entrevistadoras do telejornal da Fox que não deixam a pessoa falar nem que tente.

Quando entramos na sala da Sra. Brook ela está no telefone mas isso não impede Emma de soltar uma frase atrás da outra tão depressa que eu nem consigo acompanhar.

A Sra. Brook diz para a pessoa no telefone que fala com ela mais tarde e desliga.

O que foi que aconteceu? pergunta a Sra. Brook.

Ninguém diz nada.

O que exatamente o Sr. Mason disse?

Todas olham para mim.

Isso significa que querem que eu conte à Sra. Brook o que aconteceu.

Então eu conto. *O Sr. Mason quer saber por que mandam todos os autistas para ele.*

O pescoço da Sra. Brook faz o lance da tartaruga. Ela olha para as meninas. *Entendo.*

Olho para Emma e as duas outras meninas. *Não acho que elas sejam autistas. Não sei de quem ele está falando.*

Emma olha para mim com uma cara triste. *Ele estava falando de você.*

Mas EU NÃO SOU...

Eu sei, diz Emma depressa. *Ele não devia ter dito isso.*

E ele também sabe disso, diz a Sra. Brook. *Todos nós ainda estamos... muito estressados.*

Uma das meninas diz, *A acompanhante de William H. faltou hoje por isso o Sr. Mason está meio nervoso.*

Ah meu Deus! A Sra. Brook se levanta. *Alguém devia ter me avisado!*

Os sapatos dela vão dando gritinhos do corredor até o ginásio muito depressa e nós vamos atrás. Ela fala com o Sr. Mason e tira William H. de Bruce e Shane.

O Sr. Mason vem até mim.

Acho que ele vai querer me obrigar a vestir o colete por isso começo a falar mas ele me interrompe.

Me perdoe Caitlin. Eu não devia ter feito aquele comentário sobre os autistas.

Fico surpresa de ouvi-lo falar sem ser aos gritos. *Tudo bem. Mas acho que William H. é o único autista que mandam para o senhor.*

Tem razão Caitlin. Ele suspira. *Aprendi uma boa lição hoje.*

Vou ter que vestir o colete?

Ele sorri. *Sabe de uma coisa? Acho que hoje quem vai ter que vestir o colete sou eu.*

Ele vai até a caixa e tenta vestir um colete amarelo mas em vez de deslizar pelo corpo fica entalado no pescoço parecendo uma echarpe. O pessoal ri dele mas ele ri junto. E também pisca o olho para mim. E embora esteja com aquela aparência engraçada acho que ele aprendeu um pouco de finesse hoje.

CAPÍTULO 32

PAPAIO

POR QUE ESTÁ ESCRITO PAPAI NESSA *tabuleta?* pergunto a papai quando estamos fazendo compras no mercado. *Eles não sabem que é um mamão?*

Lê de perto, diz papai. *É PAPAIA que está escrito. Um tipo de mamão.*

Mas seu lábio se curva de um lado.

Ele está começando a sorrir. E eu sei o que isso quer dizer. O Desfecho deve estar chegando! Então resolvo Trabalhar Nisso.

PAPAIA está errado. Só pode ser PAPAIO. Mamão é masculino. Que nem papai. Você é um Papaio muito Mamão com Açúcar.

Os lábios dele se curvam de novo do lado esquerdo.

Durante o dia enquanto ele trabalha no armário digo Papaio mais quatro vezes.

Toma aqui a chave de fenda Papaio.
Quer um copo d'água Papaio?
O que a gente faz agora Papaio?
Posso ajudar Papaio?

E o canto esquerdo de seus lábios se curva para cima todas as vezes.

E quando digo mais uma vez, *Boa noite Papaio*, os dois cantos de seus lábios se curvam para cima. E os meus também. Porque um Desfecho é uma coisa muito boa de se ver.

Depois que Papaio vai dormir e eu tenho certeza de que ele já pegou no sono entro na ponta dos pés no quarto de Devon e pego emprestado seu canivete de Escoteiro e sua lanterna de acampamento e vou para a sala. Então enfio a cabeça debaixo do armário e acendo a lanterna que assim só ilumina a parte de baixo do armário. Desse jeito a sala continua no escuro e Papaio não vai saber o que estou fazendo. Procuro o ponto perfeito na base do armário e gravo em letras grandes no armário de Devon como ele fez para mim: SCOUT.

Capítulo 33

TRABALHO DE GRUPO COM OUTRAS PESSOAS

A SRA. JOHNSON ANUNCIA MAIS UM trabalho de grupo. Levanto a mão. *Sim Caitlin. Eu sei que você não quer fazer parte de um grupo mas...*
 Mas eu quero muito fazer parte de um grupo. Esse vai ser meu primeiro trabalho de grupo em grupo. E acrescento: *Na escola,* porque me lembro que o armário é mais ou menos como um trabalho de grupo com Papaio.

Ah. Certo. Isso é ótimo. Ela bate palmas duas vezes. *Turma! Vamos para o laboratório de informática para vocês poderem fazer suas pesquisas. Vamos ter que compartilhar os computadores com a outra turma da quinta série por isso alguns de vocês vão ter que sentar nas mesas.*

Algumas crianças gemem. Eu não. Só penso em uma coisa. Josh.

É uma sorte que uma escola tão pequena como a nossa conte com um laboratório de informática, a Sra. Johnson nos relembra como faz toda vez que vamos para o laboratório de informática. *Vou levar alguns suprimentos e quando chegarmos lá vocês vão se dividir em grupos e então eu digo qual é o tema do trabalho.*

Todos nos levantamos e quando vejo a Sra. Johnson pegar dois porta-lápis cheios de pilôs penso que isso é um ótimo sinal. Quer dizer que tem desenho no meio.

No laboratório de informática a Sra. Johnson diz, *Nosso trabalho é sobre o estado da Virgínia. É um trabalho que vai exigir pesquisa e muitos desenhos porque vocês vão precisar da bandeira do estado, da flor do estado, do pássaro do estado et cetera.*

Que felicidade! Adoro desenhar!

Emma me convida para fazer parte do seu grupo com Brianna e Shane. *OK,* respondo e digo a eles que têm muita sorte. *Provavelmente sou a melhor artista do estado da Virgínia.*

Shane e Brianna olham um para o outro e começam a rir. Fico pensando se estão felizes.

Emma morde o lábio. *Você não precisa ser a melhor. Mas pode fazer todos os desenhos se quiser.*

Yes! Sorrio para o meu grupo até que as bochechas começam a doer e tenho que parar.

A Sra. Johnson coloca pilôs e papel e alguns livros sobre a Virgínia nas mesas. Shane quer sentar no computador por isso sento perto de Emma e Brianna em uma das mesas no fundo da sala com um bando de crianças da outra turma da quinta série. Josh está numa mesa em frente à nossa. Não olho para ele. Começo a desenhar imediatamente.

Ei! Você! diz Josh.

Sinto vontade de agitar as mãos mas em vez disso apenas desenho mais depressa.

Na hora Emma levanta a cabeça do livro que está lendo. *Cala a boca Josh!*

O rosto dele fica rosa-choque e os olhos piscam muito. *Eu só ia perguntar se podia pegar emprestado um pilô vermelho. Muito obrigado!* Ele se vira e solta um bufo.

Paro de desenhar e olho para a pilha de pilôs perto de mim. Tem três vermelhos. Pego um e me inclino sobre a mesa e cutuco as costas de Josh com ele.

Ele gira o corpo. *Mas que diabo...*

Toma aqui, digo.

Os lábios dele ficam se mexendo tanto que não dá para saber se ele está sorrindo ou fazendo cara feia mas ele pega o pilô da minha mão. Não diz obrigado mas aceito o obrigado que ele disse antes.

Shane pesquisa tudo que é do estado no computador. *O cachorro do estado é o foxhound americano e o peixe do estado é a truta-das-fontes.*

Faço desenhos dos dois e também de um corniso — que é a árvore E a flor do estado — com um cardeal pousado nele — o pássaro do estado. Todo mundo pensa que os cardeais são vermelhos mas na verdade só o macho é. Eu não uso cores por isso o meu cardeal é fêmea. Quando termino mostro os desenhos para o meu grupo.

Brianna faz que não com a cabeça. *Você copiou isso com papel vegetal.*

Eu não.

Ninguém consegue desenhar assim.

Eu consigo. Eu te disse. Provavelmente sou a melhor artista do estado.

Tá legal.

Eu já vi o que a Caitlin é capaz de desenhar, diz Emma. *É o máximo. Mas também para esse trabalho não faz diferença. Os desenhos podem ser à mão livre ou copiados com papel vegetal.*

Os meus foram à mão livre, digo.

Sei, diz Brianna.

Dá para colorir o cardeal de vermelho? pergunta Emma.

Eu não uso cores, explico a ela.

Por que não?

É mais fácil quando as coisas são em preto e branco.

186

Mas você já fez a parte mais difícil, diz Emma. *Colorir é fácil. Desenhar a árvore e o passarinho é que é difícil.*

Não para mim, digo. *As cores são feito uma papa e eu não sei onde elas acabam ou o que acontece com elas quando esbarram umas nas outras porque elas mudam.*

Emma inclina a cabeça. *Não saquei. Preto e branco é sem graça. As cores é que são bonitas.*

Respiro fundo e tento explicar. *Quando você mistura vermelho e amarelo pode sair laranja como o sol do poente mas quando mistura vermelho e amarelo uma segunda vez pode sair da cor de uma gema de ovo e quando mistura de novo pode sair da cor de um marimbondo. É sempre diferente. Você não sabe o que esperar.*

A cabeça de Emma ainda está inclinada. E ela não está dizendo nada. O que quer dizer que ela não Captou O Sentido MESMO porque é difícil a Emma ficar calada.

Deixa pra lá, digo a ela. *É muito difícil de explicar.* Nem eu mesma tenho certeza se Captei O Sentido.

Consigo encontrar Michael no pátio e falar com ele pela primeira vez no que parece ser muito tempo. Conto para ele tudo sobre o armário em que Papaio e eu estamos trabalhando.

Ele escuta com educação mas seus olhos de Bambi estão meio confusos.

Que foi? pergunto a ele.

Eu não entendi.

Então eu começo a descrever o armário e exatamente o que estamos fazendo com ele e como vai ficar quando estiver pronto.

Ainda não entendi, diz ele.

Começo a descrever o armário de novo.

Não. Eu quis dizer que não entendi como isso pode ser um Desfecho.

Nós estamos dando um Desfecho ao projeto. Estamos terminando de fazer o armário. Isso é um Desfecho.

Ah. Mas os olhos dele ainda estão confusos. *E eu vou me sentir melhor quando vocês terminarem?*

Penso na pergunta por um momento. Tenho certeza absoluta de que eu vou me sentir melhor. Muito melhor do que vendo o armário coberto por um lençol cinza no canto da sala. E acho que papai também vai se sentir melhor. Eu sei que Devon gostaria de ver o armário pronto. Olho para Michael com seus olhos confusos de Bambi e já não tenho tanta certeza assim de como terminar o armário vai ajudá-lo. E isso está me dando sensação de recreio no estômago.

Ele dá de ombros. *Tudo bem.*

Mas não parece estar nada bem. E meu estômago não está nada bem.

Você ainda é minha amiga, diz ele baixinho.

Sou? Por quê?

Você é legal comigo e não precisava ser porque você está na quinta série e sabe fazer coisas como Desfecho e eu sou só um garoto da primeira série por isso só sei fazer coisas como me vestir de pera.

Sua roupa não parece uma pera.

Não. Estou falando de uma fantasia que eu vou usar.

Ah. Posso ver você fantasiado de pera?

Ele Olha Para A Pessoa. *Você quer mesmo me ver fantasiado de pera?*

Quero.

Ele começa a sorrir. *Quer assistir à minha peça?*

Que peça?

Minha turma vai fazer uma peça sobre a pirâmide alimentar. Eu sou a pera. É a minha fruta favorita. Quer vir assistir?

Quando é?

Hoje à noite. Aqui na escola. Você pode vir?

Não gosto de voltar para a escola depois que já cheguei em casa. É como ter aula duas vezes no mesmo dia. Mas Michael está finalmente parecendo feliz por isso decido que a resposta deve ser *Posso.*

Minha professora disse que a gente tem que estar aqui com as fantasias às seis e meia em ponto. Ah. Mas você não precisa chegar antes das sete porque você é assistente.

Espectadora, corrijo.

Michael dá um toca aqui na palma da minha mão e sorri tanto que me sinto uma boa amiga de novo. Estou feliz por Michael. Ele é o único amigo que tenho e talvez o único que terei.

CAPÍTULO 34

A PEÇA DE MICHAEL

AQUELA NOITE QUANDO ESTAMOS trabalhando no armário digo para papai, *Tenho que ir à escola agora à noite.*

Agora à noite? Para quê?

Michael vai participar de uma peça.

Quem é Michael?

Meu amigo.

Seu amigo? Eu conheço?

Dou de ombros e me pergunto como é que eu vou saber. *Ele está na primeira série*, digo a papai.

E ele é seu amigo?

É. Por isso eu TENHO que ir à peça dele. É importante. Vai ser às sete horas.

Papai olha o relógio de pulso. *Já são quase quinze para as sete.*

Levanto depressa. *Então a gente tem que ir AGORA porque daqui até a escola são quase nove minutos.*

Caitlin...

Não quero chegar ATRASADA.

Você devia ter me dito antes...

Agora é antes. Mas a gente tem que CORRER!

Eu não estava planejando sair agora de noite.

Você não tem que planejar! Já está planejado!

Corro para a porta e a abro. *Vou estar NO CARRO!* Corro pelo gramado e puxo a porta do carro mas não quer abrir. Corro em volta do carro e tento as quatro portas. Estão todas trancadas. *TÁ TRANCADO TÁ TRANCADO TÁ TRANCADO TÁ TRANCADO!*

Escuto a porta da frente bater e os sapatos de papai avançando depressa. *JÁ ESTOU INDO!*

DEPRESSA! DEPRESSA!

O carro dá um bipe. As luzes se acendem e eu abro a porta e me jogo lá dentro.

Papai senta na frente e liga o motor.

DIRIGE! DIRIGE!

Ele faz o motor roncar ALTO e se vira de repente para mim. Ainda bem que tem as costas do assento entre nós porque ele está tentando invadir meu Espaço Pessoal.

Caitlin! Não estou gostando nada disso. Da próxima vez quero ser avisado...

EU ESTOU AVISANDO VOCÊ! digo em meu tom de avisar papai.

CAITLIN!

DIRIGE! DIRIGE! DEPRESSA! AGORA!

Ele arranca a toda a velocidade para a rua e eu sou atirada para o lado no assento traseiro.

PÕE O CINTO DE SEGURANÇA! grita ele.

NÃO GRITA! DETESTO QUANDO AS PESSOAS GRITAM!

Papai resmunga um monte de coisas mas não dá para ouvir direito e também eu não ligo porque pelo menos ele não está gritando.

Que horas são AGORA papai?

Temos tempo de sobra.

QUE HORAS SÃO?

SÃO — ele para e toma fôlego — *seis e quarenta e oito.*

A gente vai chegar lá às seis e cinquenta e sete. A menos que você CORRA e aí talvez a gente consiga chegar às seis e cinquenta e seis. Aí a gente tem que estacionar e entrar.

Onde é a peça?

EU JÁ DISSE! NA ESCOLA!

Eu sei, ele fala por entre os dentes. *Mas em que parte da escola?*

Fico paralisada. Na cantina? No ginásio? Na sala de aula? *NÃO SEI! AH NÃÃÃÃÃO!*

Papai passa depressa para a sua Voz Boazinha. *A gente encontra. Está tudo bem. Está tudo bem. E vamos chegar lá bem antes da hora. Sem problemas. Você vai ver Michael. E Michael vai ficar feliz de ver você. É tão bom ter um amigo. Não é? Estou muito orgulhoso de você.*

Ele continua falando mas não presto atenção. Só fico gemendo e mascando e chupando o punho da blusa até que entramos na escola e papai diz, *Ahhh as luzes da cantina estão acesas e tem um monte de adultos e crianças pequenas na porta então deve ser lá. Está vendo? Deu tudo certo.*

Papai estaciona o carro numa Vaga para Deficientes bem na frente da cantina e eu digo a ele, *Você não pode estacionar aqui,* mas ele desliga o motor e abre a porta e diz, *Neste caso posso.*

Ele abre minha porta e diz, *Vamos lá. Nós conseguimos.*

Não encontramos nenhum lugar para sentar de onde eu possa ver Michael que está vestindo um caixote de papelão achatado e pintado de amarelo para ficar parecido com uma pera. Quer dizer mais ou menos parecido. Aí eu tenho que me encostar na parede ao lado da SAÍDA. Detesto ficar de pé. Deixa meus pés superdoloridos. E dá para sentir aquele cheiro úmido da cantina e as luzes são fortes demais.

Pelo menos assim fico mais longe das pessoas barulhentas. Ficam todas falando ALTO sobre qualquer coisa. Dá para ouvir sistema de segurança e diretoria da escola e babá e pesadelos e úlcera e baboseiras. Nem uma única pessoa fala sobre pirâmide alimentar ou laticínio ou doce ou qualquer outra coisa relacionada à razão de estarem aqui. São piores do que a minha turma porque na maior parte do tempo nós pelo menos sabemos qual é a matéria. Não faria a menor diferença se essas pessoas voltassem para casa já que nem sabem por que estão aqui. É isso que a Sra. Johnson diz.

Finalmente a Sra. Hanratty que é a professora do jardim de infância levanta e fala para as pessoas sobre alimentação saudável e a peça começa e todo mundo finalmente se concentra... em tirar fotos.

Michael corre os olhos pela cantina e eu sei que está procurando por mim por isso levanto a mão bem alto e a fecho e abro três vezes e depois seis até ele notar e acenar de volta com um sorriso largo no rosto.

Depois da peça digo a Michael que ele está parecendo uma pera embora ele esteja parecendo mesmo é um garoto num caixote de papelão achatado. Mas essa parte sobre o caixote eu só penso na minha cabeça.

Acho que ele ficou feliz de ouvir isso porque abre um sorriso. E diz, *Você é como uma irmã mais velha para mim.*

Sinto um calorzinho tão gostoso no Coração quando do ele diz isso.

Espera aqui! diz ele e volta pouco depois puxando um homem pela mão. *Esse é o meu pai.*

Você deve ser Caitlin. É um prazer enorme conhecê-la. Ouvi falar muito de você, diz o pai de Michael.

Não gosto de futebol, digo.

194

Ah, diz ele.

Mas não me importo que o senhor goste, acrescento, me lembrando de sorrir.

Obrigado! Ele sorri para mim e Michael também.

Depois papai e o pai de Michael ficam um tempão conversando enquanto Michael e eu tentamos montar uma pirâmide alimentar usando os lanches das crianças. Mas é muito difícil equilibrar os brownies em cima dos palitos de cenoura.

Na volta para casa fico pensando em Michael fantasiado de pera e acho que é melhor do que ter que se fantasiar de presunto como a Scout em *Matar Passarinho*.

Pergunto a papai, *Lembra daquele filme?*

Qual?

Matar Passarinho.

Ah. Lembro sim.

É um bom filme não é?

Faz muito tempo que assisti mas é espetacular.

Devon também gostava.

Papai pigarreia e suas mãos soltam e apertam o volante. *Gostava sim.*

Você me acha parecida com a Scout?

A garotinha do filme? Papai balança a cabeça. E também diz, *Muito.*

Abro um sorriso. *Você se parece com o Atticus. Ele era corajoso.*

Obrigado. Ele suspira. *Gostaria de ser ainda mais parecido com o Atticus.*

Ser parecida com a Scout me deixa feliz por isso quero que ele se sinta igualzinho ao Atticus. *Você podia comprar uns óculos como os dele.*

Se eu algum dia precisar de óculos talvez compre um modelo como o dele.

Você devia se vestir como ele.

Isso eu não sei. As roupas dele são muito formais para o meu tipo de emprego.

Você podia dar um tiro num cachorro.

O carro se desvia um pouco na pista. *Prefiro não fazer isso.*

Um que fosse matar a gente. Um cachorro doente. Compra um macacão igual ao da Scout para mim?

Querida… Nós temos que viver no mundo real. Eu gosto de você como Caitlin.

Mas você disse que o filme é espetacular.

Para um filme. Mas isto é a vida real. Um filme não é tão bom quanto a vida real. Não tem nem termo de comparação.

Papai está enganado em relação a isso. Um filme é melhor do que a vida real porque nos filmes só os maus morrem. Ou então você pode escolher os bons filmes em que os maus morrem e só assistir a esses. Se enganarem você e uma boa pessoa morrer no filme aí você pode reescrever a cena na sua cabeça para a boa pessoa continuar viva e a cena da morte se tornar supérflua.

Certo querida?

Papai tinha continuado a falar mas eu não estava pronta para prestar atenção. *O quê?*

A vida é especial.

Quer dizer... que não sou só eu que sou especial? Tudo na vida é?

Isso mesmo.

Acho que a boa notícia é que todo mundo vai ter que aguentar ser especial porque todo mundo está vivo.

CAPÍTULO 35

TREPA-TREPA

NA SEGUNDA-FEIRA TEMOS UM TREInamento de incêndio que atrasa o primeiro recreio por isso as crianças continuam no pátio durante uma parte do segundo recreio. Não gosto dessa criançada toda ao mesmo tempo. Uma criançada dessas só pode causar problemas que é exatamente o que acontece. A Sra. Brook tem que levar para dentro três garotos que se meteram numa briga feia.

Olho ao redor procurando por Michael. Eu ainda sinto aquele calorzinho gostoso no Coração por ser a irmã mais velha dele. Vou tomar conta dele como Devon sempre tomou conta de mim. Palavra de Scout.

Então vejo Michael e minhas mãos começam a tremer.

Ele está no trepa-trepa.

E gritando.

E Josh está puxando as pernas dele.

NÃÃÃÃÃÃÃÃO! Saio correndo em direção ao trepa-trepa e BATO em Josh com força e berro, *LARGA ELE! DEIXA ELE EM PAZ! NÃO ENCOSTA NELE! VOCÊ É MAU!*

Para de bater em mim sua doida! berra Josh.

Mas eu tenho que continuar batendo porque ele não quer largar Michael.

Para! Para! pede Michael. *E não chama minha amiga de doida!*

Estou só dando uma mão para ele se equilibrar, diz Josh enquanto tento arrancar suas mãos de Michael.

Não está não! digo. *Você é mau Mau MAU!*

Para com isso gente ou eu vou cair! grita Michael.

Josh solta Michael. *Sua idiota!* ele diz para mim.

Não fala assim! berra Michael.

O rosto de Josh está vermelho. *Não vê que estou tentando ajudar?*

Você é mau! digo.

Socorro! Eu vou cair! grita Michael. *Alguém me segura!*

Josh avança e fica embaixo de Michael antes que eu possa impedir e só fico olhando quando Michael cai nos braços dele na diagonal e Josh o vira de cabeça para cima e o coloca com cuidado no chão.

Josh olha para Michael e depois para mim. Seu rosto está inchado e sua voz falha embora ele só tenha uma única palavra a dizer. *Viu?*

Josh estava me ajudando, diz Michael.

Ah, digo.

Sério? pergunta alguém.

Olho ao redor e agora tem um monte de garotos em volta do trepa-trepa encarando Josh. Acho que Josh também só notou agora. Ele recua diante do bando.

Por que todo mundo pensa que eu sou mau? A voz de Josh sai num sussurro.

Eu não penso, diz Michael. Mas sua voz é abafada pelo falatório do bando.

Porque você é, um menino fala ALTO. *Dããã!*

Você é do mal, diz outro.

É isso aí Josh, berra uma voz. *O mal é de família.*

Ooooh, um monte de gente exclama.

Eu não sou como o meu primo! grita Josh. *Isso não é justo! Todo mundo me culpa!* Ele olha para o bando.

Culpam? pergunto.

Culpam! Todo mundo me odeia porque ele matou aquelas pessoas. VOCÊ me odeia por causa disso!

Abano a cabeça. *Não. Eu te odeio porque você é cruel com as pessoas. Mas acho que é legal com o Michael. Gostaria que você decidisse de uma vez se quer ser bom ou mau. Aí eu saberia o que sentir.*

Eu sou cruel com as pessoas porque elas são cruéis comigo!

Ah. Bom talvez se você tratasse melhor as pessoas elas também te tratariam melhor, digo a ele.

Michael puxa a manga de Josh. *Eu gosto de você Josh. Você lê para mim e me dá toca aqui e não deixou Avery me empurrar e me ajudou no trepa-trepa e prometeu que não me deixaria cair e não deixou. Você me segurou Josh.*

Não sei bem por que isso é uma razão para chorar mas Josh cai de joelhos e cobre o rosto. Mas dá para ouvi-lo soluçando por trás das mãos.

O bando agora está em silêncio. Ninguém diz nada.

Michael se ajoelha ao lado de Josh e dá um tapinha nas suas costas. *Caitlin pensou que você estava tentando me machucar porque às vezes você empurra as pessoas do trepa-trepa.*

Josh ainda está soluçando. Ele estica bem as mãos e com isso as palmas cobrem os olhos e os dedos cobrem o cabelo. Parece que ele está tentando cobrir a cabeça toda só que não está conseguindo. Fico olhando para ele e pensando se gostaria de uma manta ou capa de sofá para se esconder. É o que eu quero quando me sinto mal.

Michael olha para mim com seus olhos de Bambi. Neles vejo tristeza e acho que medo também ou talvez confusão. Também vejo amizade. E acho que um olhar que diz que eu preciso fazer alguma coisa para ajudar. Para responder à pergunta. Acho que é o olhar que eu dava para Devon. Toda hora.

Então me ajoelho do outro lado de Josh e dou tapinhas nas costas dele também e digo para ele que está tudo bem do mesmo jeito que Devon me dizia e papai ainda diz. De um jeito em que posso realmente acreditar. E se isso é empatia espero que Josh possa sentir um pouco da empatia que está começando a fluir de mim.

Capítulo 36

MAIS DESENHOS

NOSSO TRABALHO DE GRUPO FICA pronto e temos que apresentá-lo para a turma. Só Emma é que fala enquanto eu fico segurando os desenhos bem alto porque assim posso esconder o rosto atrás deles. A Sra. Johnson e um monte de alunos dizem, *Uau! Aquele passarinho está fantástico! Olha só aquele cachorro! Ela desenha demais!* e outras coisas legais mas desse jeito eu não tenho que Olhar Para A Pessoa. E também não tenho que dizer Obrigada porque

Emma está tentando falar e seria falta de educação falar ao mesmo tempo.

A turma aplaude. A Sra. Johnson nos dá um A. Ela prende todos os meus desenhos no mural e eu fico feliz até ela prender os desenhos de outros alunos até porque os deles são todos coloridos. Agora os meus já não parecem tão bons assim. Fico olhando para eles e imaginando como ficariam com cores embora eu goste mais das coisas sem cores. Acho.

Emma diz que nosso grupo devia sentar junto na hora do almoço e é isso que fazemos. Shane dá de ombros. Brianna revira os olhos. Eu como meus biscoitinhos de queijo e minha barra de cereais e bebo meu chocolate da caixinha.

Será que dá para mastigar com a boca fechada por favor? pede Brianna. Ela é alta e a voz também. Fico confusa. Não sei bem com quem ela está falando.

Está falando comigo? pergunto a ela.

Estou! E não fala de boca cheia! responde ela.

Shane bufa pelo nariz.

Caitlin, diz Emma depois de engolir um pedaço de cachorro-quente, *será que você podia fazer uns desenhos para o anuário?*

Não sei, digo. *Que tipo de desenho?*

A testa dela se enruga. *Acho que uns desenhos nas margens ficaria legal. Poderiam ser das coisas ao redor da gente aqui na escola.*

Penso nas coisas ao redor da gente aqui na escola. *O gramado?*

Não. Não só o gramado.

A rua?

Não. Eu quis dizer as coisas que a gente vê na sala de aula ou no pátio. Livros. Computadores. Carteiras. O trepa-trepa. Coisas da escola.

Balanço a cabeça devagar. *Eu poderia fazer isso.*

Toca aqui, diz Emma levantando a mão.

Olho para a mão dela e lembro como Michael e Josh fazem.

Levanto a mão e Emma dá um tapa na minha palma. É meio estranho mas legal.

Você devia entrar para o clube de artes do fundamental II, diz ela.

Tem um clube de artes lá?

Tem! O Sr. Walters é o diretor. Ele é o professor de artes.

Eu conheço o Sr. Walters.

Ele é muito legal, diz Emma.

Faço que sim. *Preciso desenhar os olhos dele.*

Ela dá de ombros e abre um sorriso. *Tudo bem.*

Em casa nosso armário está quase pronto.

Faço um desenho do que quero gravar na parte de cima. O passarinho é cinza e preto e branco e tem uma cauda comprida. A cabeça está inclinada para trás e o bico aberto como se estivesse cantando. É lindo. Estou feliz porque o desenho ficou perfeito. Corro para a sala e mostro para papai.

Ele o pega com uma das mãos e esfrega o queixo com a outra. Senta no 'sofá com um *uff.* Fica olhando para o desenho. *Ele não é... Não parece tão... detalhado quanto aquela águia que você desenhou e que ganhou o primeiro prêmio.*

Não é uma águia, digo a ele. *É um passarinho.*

Ele inclina a cabeça para o lado e fica olhando para mim. *Eu pensei que era uma águia porque esse é o projeto de Escoteiro Águia de Devon.*

É um passarinho como o do filme, explico. *Lembra? Porque Devon era como o Jem. E eu sou como a Scout. E você papai... você é como o Atticus.*

Os olhos de papai se enchem de água e ele pisca muito e eu fico pensando que talvez ele precise comprar aqueles óculos engraçados do Atticus.

CAPÍTULO 37

EX-VIRGINIA DARE

FICO ORGULHOSA QUANDO CONTO para a Sra. Brook que o armário está pronto. Também conto para ela que tenho um grande amigo que é o Michael e uma espécie de talvez futura amiga que é a Emma. E talvez o Sr. Walters.

A Sra. Brook sorri. *Você acha que está chegando perto do Desfecho?*

Acho que sim.

E seu pai?

Acho que trabalhar no armário fez bem a ele também.

Fico muito feliz que você tenha tido essa ideia, diz ela.

Sorrio porque também fico feliz. Mas então fico séria.

Que foi?

Acho que eu não consegui um Desfecho para o Michael.

Ela suspira. *Muita gente ainda precisa encontrar um Desfecho.*

Quem mais?

Toda a comunidade Caitlin... Principalmente os alunos e os professores do Colégio Virginia Dare. Ah! Você soube? A diretoria deles votou pela mudança do nome do colégio.

Por quê?

Há muitas lembranças ruins associadas àquele nome. Acho que eles também estão tentando encontrar um Desfecho.

Não tenho certeza se Captei O Sentido mas tento raciocinar. Não adianta. *Não vejo como mudar o nome do colégio possa ser um Desfecho.*

Entendo. Mas já é um passo em direção a ele. Talvez você tenha mais alguma ideia.

Eu? Por que eu?

Porque você vai para lá em agosto. Faz parte da sua comunidade.

De repente já não estou mais me sentindo tão orgulhosa assim. Ainda preciso encontrar um Desfecho para Michael E para um colégio inteirinho. E agora a comunidade também? Como é que eu vou fazer tudo isso?

CAPÍTULO 38

CAPTEI O SENTIDO

CHEGAR A UM DESFECHO NÃO ERA para ser tão triste assim.

Aquela noite depois que papai vai dormir fico acordada olhando para o armário pronto. Mesmo estando pronto tem alguma coisa faltando e eu tenho que Trabalhar Nisso para descobrir o que é. Acho que de um modo geral papai está feliz porque está pronto e ficou muito bonito. Eu também de um modo geral estou feliz. Mas o armário não está ajudando Michael ou as pessoas do colégio que vai ganhar um novo nome ou o resto da comunidade inteirinha. Tenho que resolver isso porque faz parte da empatia. Embora eu não achasse que iria gostar da empatia ela é uma coisa assim que chega sem avisar e faz você sentir um calorzinho gostoso no Coração. Acho que não quero voltar para uma vida sem empatia.

Ponho a cabeça debaixo da almofada do sofá e fico olhando para o armário para poder pensar numa solução mas em vez disso penso em Devon querendo tanto que ele estivesse aqui para poder me dizer qual é a solução e penso que ele nunca mais vai poder me dizer nada nem fazer nada — nem andar de bicicleta nem jogar beisebol nem assistir a *Matar Passarinho* nem ser um Escoteiro Águia.

Fico lá ouvindo meu choro e então vejo a mão de papai entrando embaixo da almofada do sofá e afastando os cabelos molhados dos meus olhos. Mas não consigo parar de chorar. Por Devon. Pelo que aconteceu com Devon. Porque a vida dele foi tirada e ele não pode fazer nada nem se sentir feliz nem orgulhoso nem viver nem amar — e de repente meu choro engasgado vira um riso engasgado porque eu me dou conta de uma coisa.

Papaio! Papai! Ó papai! choro.

Que é Caitlin?

Devon, choro, *Devon.*

Eu sei. Dói muito. Você sente saudade dele. Eu também sinto.

Não, digo, *Devon!*

Eu sei, diz ele.

Mas eu não estou chorando por MIM! Tiro a cabeça de baixo da almofada do sofá e Olho Para A Pessoa. *Estou chorando por Devon! Estou chorando porque me sinto mal por ele! Não é isso que é empatia? Estou sofrendo por ELE e não por mim!*

Papai sorri embora seus olhos estejam chorando. *Sim,* diz ele, *isso mesmo. Agora você sabe o que é sofrer por outra pessoa.*

Ele me abraça e ficamos sentados juntos muito tempo no sofá. A empatia não é tão difícil quanto parece porque muitos dos sentimentos das pessoas são os mesmos. E isso ajuda a compreender os outros porque aí a gente pode realmente se preocupar com eles de vez em quando. E ajudá-los. E ter amigos. Como Michael. E fazer alguma coisa por eles e fazer com que se sintam tão bem quanto a gente está se sentindo.

Olho para o armário de Devon no canto e isso me faz sentir bem. *A gente fez um trabalho maravilhoso não foi papai?*

Foi sim.

A gente fez uma coisa boa e forte e bonita.

Ele balança a cabeça. *Fizemos mesmo. Devon ficaria muito orgulhoso.*

Também balanço a cabeça. Penso em Devon e fico imaginando como ele mostraria o armário para todos os Escoteiros e contaria para todo mundo que fomos nós que o fizemos para dar um Desfecho à nossa história. E é quando estou olhando para o passarinho e vendo seu bico apontando para cima como se estivesse cantando para o mundo inteiro É AÍ que eu sinto a minha boca virar um sorriso e minhas mãos começam a tremer tanto que eu tenho que saltar do sofá e sair dando pulos pela sala porque só agitar as mãos não basta para todo o meu entusiasmo porque finalmente eu Captei O Sentido! Eu Captei O Sentido! Eu CAPTEI O SENTIDO!

Capítulo 39

CORES

NÃO GOSTO DAS LUZES BRILHANTES do auditório do Colégio Virginia Dare nem dos cochichos em volta da gente nem de ter que usar essas roupas que ficam me pinicando e principalmente não gosto de sentar na fila da frente com todo mundo olhando para mim. Papai disse que o careca sorridente no palco é o diretor mas eu também não gosto dele porque ele não para de apertar botões no microfone que o fazem estalar ALTO e eu queria que ele parasse. O barulho me faz ter vontade de pular da minha poltrona mas eu não tenho onde me segurar porque papai está sentado do meu lado com as mãos apertando os dois braços da poltrona por isso não posso usar o que está perto de mim. Ponho as duas mãos no outro braço da poltrona e faço um esforço enorme para não gemer muito alto. Deve estar dando certo porque papai não está me mandando parar. Ele só fica lá sentado com os lábios apertados e os punhos nos braços da poltrona e olhando para o palco.

Eu também estou olhando para o palco. É de madeira e tem cortinas azul-escuras porque as cores do colégio são azul e branco. Tem uma cortina azul grande no fundo do palco por isso não dá para ver o que tem atrás dela. E um objeto grande que está parcialmente coberto pelo mesmo tecido azul só que os pés e os pedais estão aparecendo por isso sei que é um piano. Eu já conheço este lugar. Já estive aqui umas cinquenta vezes. Os Escoteiros realizavam todas as cerimônias aqui. A maioria das vezes eu até sentava nesta poltrona.

Tem várias cadeiras no palco com os assentos e os encostos também em azul-escuro. A Sra. Brook está sentada na cadeira da ponta e batendo em outro objeto coberto por um pano azul com o cartão que ela está segurando. Seus lábios se mexem e acho que ela está lendo o tal cartão. É o discurso dela. Ainda bem que é a Sra. Brooks que vai fazer o discurso e não eu. Já estou bastante nervosa. Meu Coração está fazendo *BUM-BUM-BUM*.

Oi Caitlin.

Levo um susto. Então vejo Michael.

Ele senta do meu outro lado. *Está pronta?*

Pronta? Minhas mãos começam a tremer então as coloco sob minhas coxas. *Eu não tenho que fazer nada.*

Eu sei. Ele abre um sorriso. *Você já fez.*

Olá Caitlin, diz o pai de Michael. Ele acena de uma poltrona mais adiante porque Josh está sentado do outro lado de Michael. Josh está todo arrumado de terno como se fosse à igreja. Ele também diz, *Oi,* mas não Olha Para A Pessoa.

Não ligo nem um pouco que Josh sente do outro lado de Michael porque embora ele não seja a pessoa de quem mais gosto no mundo é legal com Michael. Tiro duas minhocas de gelatina do bolso e dou para Michael.

Ele sorri. *Essa é Caitlin e esse é Josh.*

Quando ele diz o nome de Josh eu lembro que Josh é amigo de Michael. Por isso ofereço uma minhoca de gelatina para ele também.

Josh fica olhando para ela até que Michael dá uma cotovelada nele.

Josh estende a mão devagar e pega a minhoca. Ele até Olha Para A Pessoa dessa vez. *Obrigado.*

Não há de quê.

Michael sorri e cochicha para mim, *Muito bem lembrou da Sua Educação.*

Balanço a cabeça. Nem preciso mais da cartela. Não agora que sei que a educação é MINHA e posso fazer com ela o que quiser.

O microfone guincha e eu levo outro susto. *Vamos dar às pessoas apenas mais dois minutinhos para encontrarem seus assentos*, avisa o diretor, *e em seguida iniciaremos a cerimônia.*

Ei Caitlin, chama Michael, mas o pai dele diz, *Shhh Michael! Agora não é hora.* O Sr. Schneider aponta para o palco e Michael olha para lá. Eu também. Vejo o diretor caminhando para o lado esquerdo do palco onde a Sra. Brook está sentada e fico achando que ele vai descer os degraus e prendo o fôlego mas em vez disso ele encosta no tecido azul perto da Sra. Brook e fala com ela.

Solto o fôlego devagar mas não posso deixar de olhar para aqueles degraus de madeira gasta do lado esquerdo da sala que vão até o palco. E começo a tremer. Aqueles degraus me dão medo. Eles estalam ALTO. O terceiro degrau é o pior. Eu sei. Quando Devon subiu aqueles degraus para ser promovido ao nível Vida o auditório inteiro fez silêncio porque como papai disse é um grande acontecimento para um menino de treze anos chegar ao nível Vida tão cedo. Mas quando Devon jogou o peso do corpo em cima do terceiro degrau ele deu um estalo tão alto que parecia que um revólver tinha disparado e eu levei um susto e gritei e todo mundo me olhou e começou a cochichar e um garotinho apontou para mim e disse, *Foi ela!* E eu comecei a chorar. Devon saltou dos degraus e veio correndo para mim dizendo, *Está tudo bem. Está tudo bem.* Mas não pareceu tudo bem nem quando ele tentou me dar uma minhoca de gelatina porque eu estava com sensação de recreio no estômago e recusei. Ele segurou minha mão embora ela estivesse abanando para cima e para baixo e tentou me levar para o palco junto com ele mas eu não queria nem chegar perto daquele degrau e principalmente não queria me levantar na frente de todo mundo porque estavam todos me olhando por isso arranquei a mão da dele e disse, *Não não não!* E ele disse, *Está tudo bem. Olha para onde a minha mão está apontando. É ali que eu vou ficar,* e apontou para o lugar onde papai estava de pé no palco e eu não respondi por isso ele disse, *Está vendo?* E nem assim eu respondi por isso ele disse, *Tenho que ir agora Scout. Vou estar lá em cima. E você vai ficar muito bem.*

Estou com sensação de recreio no estômago. Tudo que vejo é um azul embaçado porque meus olhos estão borrando tudo numa coisa só. Quem dera que fosse o azul do quarto de Devon e eu estivesse no meu esconderijo com a minha manta roxa olhando para o meu nome gravado. SCOUT.

O microfone guincha e eu levo outro susto.

Sejam bem-vindos! diz o diretor. *Todos os que aqui se encontram. Obrigado por comparecerem a esta especialíssima cerimônia de dedicação.*

Não tenho certeza se quero ouvir tudo que ele está dizendo por isso enquanto ele fala fico fazendo bicho de pelúcia e só pego certas palavras como *cura* e *união* e *comunidade*. Quando ele fala em *Desfecho* tudo para e eu pisco e olho para ele e franzo os olhos porque as luzes do palco brilham demais e a careca dele reflete a luz feito o sol.

Ele respira fundo. O microfone estala. Ele balança a folha de papel que está segurando e ela bate no microfone com um *pop*. Então fica tudo em silêncio.

Vou ler os nomes, diz ele.

Fecho os olhos.

Ele fala devagar mas alto.

Julianne Denise Morris.

Seguem alguns murmúrios na multidão por um momento e depois tudo fica em silêncio de novo.

Roberta L. Schneider, anuncia o diretor.

Escuto Michael a meu lado. *Mãezinha*, diz ele. *É a minha mãezinha.*

Olho para Michael e ele está olhando para o diretor com seus olhos de Bambi.

O Sr. Schneider está piscando e cobrindo a boca com a mão.

E eu escuto o nome seguinte.

Devon. Joseph. Smith.

Meu Coração que estava martelando o tempo todo parece parar de repente.

Vejo papai engolir.

O auditório fica em silêncio salvo pelo tecido do paletó do diretor quando ele se afasta do microfone e depois os gritinhos lentos *cuim cuim cuim* dos seus sapatos quando ele vai para o lado da Sra. Brook no palco.

Ele põe a mão no objeto coberto pelo tecido azul e vira de frente para a plateia. E começa a falar. Mesmo estando sem microfone a voz dele ecoa pelo auditório.

Este lindo armário em estilo Missão foi iniciado por Devon para seu projeto de Escoteiro Águia — a voz dele para por um momento — *e então concluído e doado para o nosso colégio por seu amado pai. Harold Joseph Smith. E sua adorada irmãzinha. Caitlin.*

O diretor puxa o pano do objeto feito um mágico e todo mundo exclama *Oh!* e *Ah!*

E lá está ele.

O armário de Devon.

Com SCOUT gravado e escondido embaixo.

E o passarinho em cima que não dá para ver daqui mas que eu sei que está lá.

O armário de Devon é bom e forte e bonito. Exatamente como ele.

Todos estão aplaudindo. Até Josh. Papai assoa o nariz e enxuga os olhos mas está sorrindo. Os aplausos são tão altos que ferem meus ouvidos mas é uma dor boa e eu sinto a multidão olhando para mim mas não é de um jeito ruim por isso não ligo muito.

Michael sorri e aponta para mim e diz, *Foi ela!* e eu também não ligo porque ele está feliz e eu fico contente que o armário de Devon também seja um Desfecho para ele.

A Sra. Brook está no pódio falando mas não sei o que ela diz até ouvi-la falando comigo. *Caitlin. Caitlin!*

Fique de pé por favor. Acho que todos querem ver você. Ela sorri para mim.

Eu me levanto mas não me viro porque quero ver — realmente ver — o passarinho no armário de Devon por isso fico na ponta dos pés e espio. Mas o tempo todo ouvindo os assobios e vivas e bravos e aplausos.

Papai diz, *Está tudo bem*, e eu digo a ele, *Eu sei.*

Por cima do barulho do auditório ainda posso ouvir na minha cabeça o que Devon me disse. *Tenho que ir agora Scout. Vou estar lá em cima. E você vai ficar muito bem.*

Não sei por quanto tempo fico de pé até Michael começar a puxar minha mão dizendo, *Caitlin tem bolo com limonada no gramado!*

O quê? pergunto a ele. *Por que puseram a comida na grama?*

Ele ri e diz, *Está nas MESAS no gramado. Vem! Vamos comer!*

Viro a cabeça e olho para papai que parou de agarrar os braços das poltronas e seus lábios se curvam para cima de um lado e ele diz, *Pode ir Caitlin*, e eu corro atrás de Michael pelo corredor até alcançar a porta dos fundos do auditório e enfim o sol.

Michael e eu somos os primeiros a chegar à mesa e ganhamos fatias de bolo cortadas rente às bordas com um bocado de glacê azul e branco. Josh também ganha uma. Alguns adultos sorriem ao nos ver e dizem que parecemos alunos do ensino fundamental II com todo aquele azul e branco nas roupas. Michael abre um sorriso e quando vejo como seus dentes estão azuis começo a rir. Até Josh sorri.

O Sr. Walters o professor de artes se aproxima enquanto estou chupando a última bolota de glacê azul do meu dedo. Ele me entrega um bloco de desenho e uma grande caixa de creions.

Olho Para A Pessoa.

Ele sorri. *Estes são para você Caitlin.*

Por quê?

Você hoje nos deu um presente muito especial por isso também quero lhe dar algo.

Obrigada, agradeço, e aceito o caderno. Mas não pego logo a caixa de plástico transparente.

Eu sei, diz ele, *que você não gosta de cores. Mas achei que talvez estivesse pronta para experimentá-las.*

Fico olhando para as cores por um momento. São três tons diferentes de laranja e um monte de vermelhos e amarelos para a pessoa poder fazer o seu próprio laranja. E com creions dá para borrar as cores se a gente quiser passar de um tom para o outro. O Sr. Walters Captou O Sentido. Talvez eu também possa. Devagar estendo a mão e pego a caixa.

O Sr. Walters dá uma piscadinha. *Vejo você em agosto.*

Passa pra cá! berra Josh, e eu me viro e vejo o pai de Michael lançando uma bola de futebol americano para ele. Depois que Josh a lança de volta o Sr. Schneider lança a bola para papai e ele a apanha. Eu tinha esquecido que papai é bom de bola. Ele e Devon costumavam jogar no quintal. Às vezes eu também jogava embora nunca conseguisse apanhar a bola antes de ela cair no chão.

Michael ainda está perto de mim mas está pulando de um pé para o outro. Dá para notar que ele também está super a fim de jogar futebol por isso digo a ele que deve seguir sua empatia e entrar no jogo. Fico olhando enquanto ele corre e tenta tomar a bola de Josh e os dois riem e rolam na grama.

Olho para meus sapatos e meias. Descalço os sapatos devagar e deixo a grama fria fazer cócegas nos meus pés através das meias. Então me inclino e tiro as meias e fico ali com os pés bem em cima da grama e da terra e sinto um arrepio subir pelas minhas pernas e chegar até o pescoço e me dá um friozinho na espinha. Mas depois que eu mexo um pouco os pés de um lado para o outro me acostumo com a sensação de frescor pinicante e a grama começa a parecer macia e mais para um toque gostoso do que de cócegas.

Caminho descalça até um grande carvalho e sento embaixo dele. A brisa remexe as folhas por isso em parte faz sombra e em parte faz sol. Ajeito o bloco de desenho no colo e abro minha nova caixa de cores. Agora estou pronta para usá-las porque já descobri como vou desenhar o retrato completo. Sorrio e começo.

NOTA DA AUTORA

O massacre de trinta e três pessoas na Virginia Tech University em Blacksburg, Virgínia, em 16 de abril de 2007, foi um evento tenebroso e devastador. Embora eu não conhecesse diretamente os envolvidos, aconteceu muito perto de mim. Foi o ataque com o maior número de mortos por um atirador solitário na história dos Estados Unidos. E a despeito de quando ou onde ocorra uma tragédia desse tipo, todos somos afetados. Como pôde algo assim acontecer? E por quê? O que poderíamos ter feito — se é que alguma coisa — para evitá-lo? Quem pode saber. Mas de uma coisa estou certa. Se todos compreendêssemos melhor uns aos outros, poderíamos fazer um grande avanço para deter a escalada da violência. Todos desejamos ser ouvidos e compreendidos. Alguns de nós se expressam melhor do que outros. Alguns de nós têm problemas sérios e que precisam ser abordados, não ignorados, custe o que custar. Economizar o dinheiro da sociedade é uma farsa se o preço dessa economia é em vidas humanas. As palavras *ignorar* e *ignorância* têm a mesma raiz.

Este livro foi inspirado na tragédia da Virginia Tech e também na minha necessidade de explicar como é, para uma criança, ser portadora da Síndrome de Asperger. Os dois temas estão relacionados em meu modo de ver, porque creio firmemente na intervenção precoce, qualquer que seja a deficiência. Compreender as dificuldades das pessoas e — igualmente crucial — ajudá-las a compreender suas próprias dificuldades *e* ensinar-lhes maneiras concretas de ajudar a si mesmas irá, por sua vez, ajudá-las a lidar melhor com suas próprias vidas e, por extensão, com as nossas. Neste romance, a personagem principal tem Síndrome de Asperger mas está recebendo orientação precoce por meio do sistema de ensino público. Ela só conta com o pai e ele está longe de ser perfeito. O irmão era o membro da família que realmente a ouvia, tentava compreendê-la e lhe ensinava habilidades comportamentais úteis. Infelizmente, ele é assassinado na escola, e agora, a não ser pela orientadora, ela está por conta própria. Espero que, vendo o mundo pelos seus olhos, os leitores possam compreender comportamentos aparentemente bizarros. E espero que os leitores sintam que, vendo o mundo pelos olhos de alguém, e realmente compreendendo aquela pessoa, muitos mal-entendidos e problemas podem ser evitados — mal-entendidos e problemas estes que também podem levar a uma frustração crescente e, às vezes, até à violência.